风过陆溪

龙鸣◎著

SPM 南方传媒 | 广东人民出版社
·广　州·

图书在版编目（CIP）数据

风过陆溪 / 龙鸣著. -- 广州 : 广东人民出版社, 2024. 7. -- ISBN 978-7-218-17743-4

Ⅰ. I227

中国国家版本馆 CIP 数据核字第 2024PL5784 号

FENG GUO LUXI

风 过 陆 溪

龙鸣　著

出 版 人： 肖风华

责任编辑： 梁　茵　梅璧君

责任技编： 吴彦斌

出版发行： 广东人民出版社

地　　址： 广州市越秀区大沙头四马路 10 号（邮政编码：510199）

电　　话：（020）85716809（总编室）

传　　真：（020）83289585

网　　址： http://www.gdpph.com

印　　刷： 珠海市豪迈实业有限公司

开　　本： 787 毫米 × 1092 毫米　1/32

印　　张： 7.5　　**字　　数：** 120 千

版　　次： 2024 年 7 月第 1 版

印　　次： 2024 年 7 月第 1 次印刷

定　　价： 69.80 元

售书热线：（020）87716172

龙鸣，湖北咸宁人。先后有散文、诗歌、小说、格律等多种体裁作品散见于《诗刊》《星星》《诗林》《诗潮》《汉诗》《山西文学》《山东文学》《边疆文学》《短篇小说》《微型小说月报》《鸭绿江》等多种期刊。作品入选《天天诗历》《湖北作家作品选》《2006中国微型小说排行榜》等多种选本。

代序

D A I X U

诗中云游，人间固守

张二棍

即便曾是拔剑四顾的侠客，也终会被无尽的时光磨砺成慈眉善目的老叟；即便曾是把酒言欢的挚友，迟早也会被迢迢迷途阻隔成杳无音讯的过客。这世上最强悍的，莫过于时与空了。也许，写作就是那一个个羸弱的命运，在茫茫时空中的一声声呐喊与呼救。写作者握着笔就像抓着一根稻草，在无涯的白纸上漂流……而一行行文字，宛如转瞬即逝的涟漪，将我们曾奋力游动的样子，保留那么片刻。也许，写作既是一种向读者知无不言的输出，更是一次次草船借箭，凿壁借光般对自我的贯入。只要写下去，就会发现那个主观的、唯一的、有形的自己，像一块在汪洋之上沉沉浮浮的坚冰，慢慢融化在书写的文字里，寄居在描摹的情景与故事里，成为曾经那个自己的故人，甚或他者，甚至一抹不可触摸的影子。

和龙鸣认识有好几年时光了，也曾经有过一些不长不短的交流，却又时常对他生出陌生之感，好像他并非一个惯常意义上的诗人。他的克制与内敛，倒更像是一位来自古代的私塾先生。而阅读他的诗作，却又觉得他应该是住在某个阁楼里的怪人，透过昏黄的窗户，冷眼旁观外面的熙熙攘攘与纷纷扰扰，然后喃喃自语般，写下那些精短的诗作。

最近读到他的一首诗《路祭》，深切地感受到他对生命的彻悟与洞察。开句就那么奇崛，仿佛晴空霹雳猛然一击："一拨简陋的人走了。一拨简陋的镐头／倒向了那无人的坟岗。"这样近乎谶语般的句子，是暗喻，也是明喻，更是明晃晃、直抵人心的匕首，揭示出生而为人的最后下场——无用的物件般，简陋地走了。也许，龙鸣笔下的不留情面，也正是缘于他对所有生死的尊重，你看，紧接着，"一条路，／有一条路的劫数。它活过来，就有一堆／石头倒下。一堆石头／倒下／就有一个消失了的人，／沿路，抛洒着叮叮当当的敲打声／就像一群／白纸的魂魄，一个一个被喊出山外"。他在这首《路祭》中，紧锣密鼓地从人到路，由死而生，又从路到石头，由生而死，这样折叠翻转、柳暗花明之后，让"魂魄"重返红尘……龙鸣用杀人诛心的句子，却表达出救死扶伤、起死回生的仁义。

也许，每个写作者都应该像一个老中医般，不停望闻问切，带着一个个念头和想法，把感受到的这个世界、这些瞬间，如誊写一个个药方，在纸上构筑起一个人的偏方和良药。龙鸣，正是这样一位诗人。他的另一首作品《只是草》，则平添了诸多忧患之心、倾听之意、规劝之情。这丝丝缕缕的心与意与情，交织汇集在这首诗歌里，是如此迫切而绵长。“每次醒来，我都是草的命”，也是第一句就孤峰兀立，我仿佛看到龙鸣坚忍地面对着茫茫尘世间的风雨，这样的句子往往具有摄人心魄的力量。我们写诗，真的需要在三言两语之间闪转腾挪，达到锥心刺骨的力量。而让我欣慰的是，龙鸣做到了，他深谙“诗在何处，诗在何时”的道理，所以他擅长出奇制胜，也懂得如何运用极其简洁有效的语言，写出玄妙的作品。“……灰尘压住头顶的星辰／眼里蓄满细小的波浪、无妄的恐惧／没有河流能够代替我死亡……”这首《只是草》，即为明证。

《渡》里，龙鸣以情为媒，全篇没有一个“我”字，仿佛物我两忘，却又物我两在，他把船上的景物，都披上了“我”的情感色彩，在暗藏的“我”的介入下，船头唱歌的是我，哭泣的是我，抱紧稻草的也是我……这一个个情态各异的人，都在诗人的主宰下，拥有和打通了各自的生命，集结成全新的复杂的生命个体，成为一个个诗人龙鸣的化身。“而鱼群从不计较幽深／白鹭依然怀揣梦想／而水蹲在石头上／那么多心事，各不相同。”甚至鱼群和白鹭，也被龙鸣赋予了比人心还要幽微的心事。这么看来，龙鸣的诗歌，鲜少单薄叙述，也没有掉入状物抒情的陷阱，他不允许自己用浮光掠影来堆砌辞藻，更拒绝了以轻佻任性来构筑分行。一如他自己在随笔中所言：“奋力拨开雾霾，抵近诗歌真相，最终由一名群体化写作者脱颖而出，以越来越清晰的面目呈现在众多阅读者面前。”是的，一个奋力写作的人，一个追求清晰的人，不会成为一个单纯意义上的风光描摹者，世相说书人。恰恰相反，在他的脑海里，方寸之地，即为世界，而那须臾瞬息，可做千古。

龙鸣的《各飞各的》这首诗，就是以一个毫无诗意可言的镜头为引子，进而不断思考，不停诘问，从乌鸦与喜鹊的身上，窥探出了人性的荒诞与冷漠。“……同样是乌鸦。这有什么用？／它们总是各说各的／同样是喜鹊。这有什么用？／它们总是各唱各的//一阵雨水落在羽毛上／这有什么用？相同的尘埃／它们总是各抖各的//两只慈悲的鸟，两只惊恐的鸟／即使叫出它们的名字／这有什么用？／一座森林坍塌／它们总是各飞各的。”这首诗下笔从容而朴实，一笔一画，将残忍和冷酷交织在这短短的只言片语中，让寻常可见的一幕，形成了的场景。一座森林，终究会不复存在，而所有曾经的慈悲也好，惊恐也罢，有名有姓也好，寂寂无闻也罢，都将各自奔赴，仿若从未光临过这世上……

阅读龙鸣的诗歌，可以看出，他在写作中，既有卑微的一面，也有豁达的一面，既有他的内秀，也有他的野心。他试图在纸上树立一个未来的自己，是想用文字将肉身挪动到无法抵达的时空，就是渴望把自我的思考弥漫在书页之间，给将来或者远方的某一个、某一群人。龙鸣正在用一首首诗歌，向一个个陌生的人，甚至陌生的动物、陌生的植物，甚至这世上那些静止的万物致意、敬礼、示爱……比如从他的《你削苹果的手总怕削到了皮》《收藏》《拯救一条鱼》等中可以窥见，龙鸣拥有诸多可贵的品质——及物也及心、建构以及取舍能力、未知与有形的彼此黏连……

这，正是每一个诗人需要具备和追求的品质。我们写作，就是在物我之间的一次次聚散，一次次打破世俗对我们肉身的封锁和禁锢，使我们可以出神、入化，自由穿行物种之间，具备多重身份与视角，甚至与它们谈天说地，把酒言欢。只有这样，一个诗人的写作才能永不干涸，才能在凡俗的生活中，化夷为险，找到自己创作的根基和源泉。

《荷》这首诗，龙鸣就用行云流水般的语言，打破了肉身的封锁和禁锢，让“他”和“采荷花的人”形成了一种神秘的默契，仿佛来自两个不同时空，而又虚虚实实地置身在这影影绰绰的短暂黄昏中，一起沉默，一起变得漆黑，一起等待“荷花正一瓣一瓣／从他们脸上掉落”。这首诗，既不寻找意义，也不是暗藏真理，而是用来体会与惆怅的一首诗。几乎可以由此断言，龙鸣在时空隐匿的统治之下，既不过分伤怀，也不太过彷徨，他是那个怀着对无数个生命的敬意，出神或走心的诗人。足矣！他带给我们的，是扪心式的疑惑。是的，诗人永远是迷惑不解的人，诗人从来不负责给这个世界任何答案和谜底，诗人永远是这尘世间最纯真的婴儿和孩童。这些句子，值得我们为龙鸣击节。

历经尘世风雨，龙鸣早已懂得生命之无常与无形。

在他眼里，世间的秩序如此井然而神秘。不可说，不可说……我们仿佛能够看到龙鸣在写作《荷》这首诗时的样子。在这首诗里，他更加主动地屏蔽了自己的身份意识，也有意突破自己的主观局限。这既是他的过人之处，也是他对自己作品的追求和理想吧。所以，他的诗歌，有一种看透后的恬静和散淡，所以他的作品，像祈祷，也像劝慰。正是这一行行迷人的句子，构建成一个叫做“龙鸣”的诗人的精神世界，立体、生动、浩大。

我一直期待的好诗，应该是一间有无数窗口透露着灯光，却看不到门的遥远的房间。在龙鸣的许多作品里，我仿佛看到了，我看到，他正凭借着内心对世界的感觉，来缔造着另一处田畴、家园、异域，抑或是另一个无限的肉身。“我有削发为僧的超脱”，借用龙鸣的这句诗题，我想说，做一个诗人，不必削发，亦可超脱！

2021年12月3日于太原

（张二棍，山西代县人。当代著名诗人。曾参加《诗刊》社第31届青春诗会。先后获《诗刊》年度青年诗人奖、华文青年诗人奖、第四届茅盾新人奖、《长江文艺》双年奖等数十项大奖）

目录

M U L U

我的下游，不断澄清我的上游

泥沙，用来消解内心的激湍

溪流也有羞怯之心

我的下游，
不断澄清我的上游

把强势的水龙头关住

把强势的水龙头关住
把听话的水关住

让时间都掉在桶里
让桶里的鱼与河流重新产生摩擦

而我，从不拒绝这种摩擦
从不拒绝这种摩擦带来的涡流

2021年8月

路　祭

一拨简陋的人走了。一拨简陋的镐头
倒向了那无人的坟岗
雪水，流到一个人的脚趾上

一条路，
有一条路的劫数。它活过来，就有一堆
石头倒下。一堆石头
倒下
就有一个消失了的人，

沿路，抛洒着叮叮当当的敲打声
就像一群
白纸的魂魄，一个一个被喊出山外

2021年8月

爱上樱桃

爱植物，须得爱头顶的
白发。爱樱桃
须得爱一棵樱桃树。爱那种无偿的
获得，须得
爱樱桃园的腹部和雨水

我伸向果子的手，须得避开一些无谓的
枝叶。继续爱
比如几只塑料筐
比如，塑料筐坐在车斗上

爱，多么鲜嫩，像婴儿拽紧的手
轻轻松开果盘
像樱桃，完成酸甜而透彻的一生

2023年4月29日

一生总要长些水草

再小的溪流，也有一颗羞怯之心
慢时光，都用来消解内心的激湍

而一个人的杂乱，有时是水草
是水草，在不堪中完成纠结的一生

纠结的一生，搅拌着泥沙
泥沙是一条溪流的误差

我的下游，不断澄清我的上游
我的清澈，不再原谅我的混沌

2021年9月

我说，芦苇我来看你

接近一棵芦苇，就能减少我的
悔意？
顶多是一种青葱背叛另一种
青葱
顶多是两个分开又重合的人享用了

同样的枯萎。一个孤单的人，
给一群芦苇拍照
怎么拍都是寂寞
怎么站立都是打扰
苇花落尽。白茫茫的大堤上
她紧张又羞愧
从不问来世

2021年3月

合　欢

一棵开花的树
比一棵不开花的树
更值得信赖
如果我，迎面遇见的，是一棵

合欢。它细碎的叶片
充满妥协。就像零乱的风雨，
在阳光下熄灭。
就像不堪的生活，突然明亮起来

一棵树，如果开的是合欢
它浅红的花。拥抱的树枝
以及不着边际的忏悔
我会把它认作
神的眼里，宽阔的泪水

2022年6月12日

谈　话

两个人之间，就像香水的谈话
把哭诉的，当成明亮的
把刺耳的，当成轻轻抚摸的手

光从红栌树的枝杈间漏下来
漏下两截断裂的影子
亲爱的，我深爱这种断裂
我还深爱这人间

深爱一片海浪覆盖全身
深爱一块礁石拒绝腐烂
深爱两截影子从树下起身，
迎着风互致别离

2020年7月

一块漂木

江水猛涨。一块漂木
像森林撕裂的肋骨
它新鲜的伤口
已经具备了水的呼吸

一次杀戮，我不是刽子手
一场大火，我不是纵火犯

我愿替众生放弃更多的骨头
我愿是一把带血的柴刀，抵抗每个进山的人
我愿是一把新椅子，一张新桌子，让上帝的手，
在我惨白的骨头上，涂上喜庆的红油漆
……

洪峰拥挤。有人随波，但不逐流
有人破碎，但力求完整
我有对森林的怀念，也有对惊涛的向往
我攒住内心的鸟鸣
奔赴大海

2020年7月

人　形

爱吃醋的女人她身体里
一直藏着一个第三者
她切一下菜，说“贱”
她又切一下菜，说“狐狸精”

她四处追打着。她投出手中的刀
房间里就燃起了大火
她看见火光中的自己
慢慢幻化出一个人形

我没有供出第三者
我接住迎面而来的刀锋

2020年11月

一棵花椒树

习惯于，一棵花椒树
高兴地来到我面前
习惯于，这瘦弱的植物
漂洋过海，来到一个国度
习惯它，生下众多辛辣的小儿女
各自有着远大的前程
我还习惯于，一棵花椒树，
放弃多余的枯叶
毫不顾及毛孔上的细刺

每次经过花坛旁
我们都挨得那么近。我习惯于，
占领它，全部的香味

2022年6月29日

只是草

每次醒来，我都是草的命
灰尘压住头顶的星辰
眼里蓄满细小的波浪、无妄的恐惧
没有河流能够代替我死亡
每一场雨水都
值得我抱紧时光的缝隙，
好好爱上一场

江畔草，不在意多少秋风
需要穿越。那么多缓慢的枯萎
也不在意一闪而过的荒芜

2021年10月5日

穿越老巷子

我习惯在狭窄的
事物上
安放明亮的灯盏。比如偏激的眼眶。比如眼眶里
蓄满无辜的

泪水。一个人终于穿越昏暗的巷道
多么幸运
他重新获取了
光明。比如浩荡的阳光。比如老墙上新开的窗户
比如窗外落下盛大的白云

2023年9月6日

大堰口的水

水流过拱桥，他一定会
弓起背
表现出平生应有的弧度
掠过前面的古堰时
对固有的形状，他已无可表达。多年前，
那些打夯的人
那些抬石头的人，他羞于分享他们星星一样的光芒
这新鲜的事物
也羞于说出一堆稻草的陈旧，一块荷塘的良善
“水利万物——而不争”。他一遍一遍把众生，鲜活地
放在大地上
就像我们，一寸一寸掩埋内心的浅底
而他毫无悔恨地
一点一点重返自己的深渊

2023年8月15日

落日从不拒绝黄昏

暂时不说离愁
忧伤的事不宜在黄昏开口
暂时不去挽留一只鹭鸶归巢
我们刚刚交换了水中的倒影
暂时不介意做一个消失之梦
梦里又活过来好多亲密的灵魂
暂时不宜从河滩的草丛里起身离去
落日从不拒绝迟来的黄昏
暂时不要和母亲江隔开视线
幼年是呼吸，成年是呼唤

2020年10月

不可知

西瓜破碎。雨水仍无怜悯之心
蜜月已启动航程
而飓风正在袭来
新房子
建在山腰，石头昨夜滚下山坡

每一次看乌云与彩霞
这些神密的事物
我永远无法掌控

雨水覆盖瓜地。镐头挥舞
“最痛苦的事
莫过于亲手将甜蜜摧毁”
两个新婚的人
坐在孤岛上
“也许，他们需要一阵狼烟”
而泥石流，正悄悄将我掩埋

2020年7月

纸

农庄柴火灶前
我发现你的缺点。它那么滚烫
而我却
希望你递来一瓢冷水。我选择被浇灭

你的着火点那么高
在水与打火机之间，我拒绝了
一种冷却
必然选择另外一种冷却

我选择被空气包围。被虫噬。被腐烂
这一生的缺点
只是想和文字一起
慢慢爱

2023年5月17日

活　土

种上一棵树，土就活了
叶子落下来
它就一片一片吃下去

砍倒一株乔木。或拔去一棵小白杨
土就枯萎
荒草，是泥土的最后一场葬礼

寸草退尽。土埋起土丘
要是没什么可埋了
土就埋自己

2023年3月11日

拴马石

石门古村的拴马石
如果嵌在砖缝里
他就拴住一堵墙
如果立在房子一侧
他就拴住一栋老宅子

一匹马
他一直在我心里奔跑
朝着我手指的方向
直到他挣脱那根缰绳
直到墙皮一块一块剥落
直到老宅子一间一间坍塌

2023年5月1日

七月七日的大雨

下在泥土上，只能开花
下在树杈上，只能凋谢
下在江河里，只能溃败
下在白纸上，只能记忆
下在枪口上，只能仇恨
……
万物各执一词
乱了方寸的雨
失去重心的雨
下在悬崖上
而失声恸哭的雨
只能下在眼窝里

2020年7月7日

溃　口

经过陆溪江，像两个兄弟重逢
我有完整性，受到审视
我有残缺性，受到呵护
有些目光是需要原谅的
有时宽，有时窄
有时清澈，有时浑浊
有些吝啬是需要原谅的
只有细微的波浪可以哭泣
只有几棵水草可以爱
仅有的一条堤坝
是用来塌陷的

两个蹚水过河的兄弟
填上彼此的溃口
他们匆匆拥抱，又匆匆别离

2020年8月

涡　轮

暗屋子捱到半夜，新闻播完
电风扇的叶片呼呼转动
胸怀正义的人具有前进的涡轮

他抱紧海水，鲸鱼一样
在风浪中推进。炮弹从身体里飞出
他有庞大的肢体，他有纵深
吞没敌人的仇恨

涡轮会来回在天上飞
投下硝烟，苦雨
投下废墟，难民营
新闻里他真实的镜头
一群逃难的孤儿
剩下双腿，在瓦砾中飞奔
须给他们逐一装上轮形的翅膀
须给他们一座新的家园
须抢建一座堆满面包，
纯净水与新鲜草坪的着陆场

2020年6月

茉莉姐姐

只上了三年学的姐姐
还没有主丁。那时贫穷。沉重
远没有花香
命运有枯槁
无法交出蝴蝶与鸟鸣

花香与泪水绽放于同一根枝条
而花粉终生寻找着花蕊
她有花瓣，自己折叠
她有芬芳，值得怀念

因为一抔土，她赐我以夏天
因为夏天，我给树木以怀旧的
躯干
我将在土壤里种下有机肥
我将更多的水洒在缤纷的山冈

2020年7月

落　叶

在西正街
雨点打在宝马车的车盖上
又落在一个人头发稀疏的头顶
脖子里
灌满忽热忽凉的雨水
骑旧自行车，在雨中狂奔的人
与落叶一同憔悴
他身体里的那辆宝马
在行人中开来开去
开宝马的人
在雨中追赶满街的落叶
开宝马的人，来不及躲闪
从树枝上坠落
奔驰的车轮
从他脊柱般的叶脉上轧过

2020年8月

给外祖母

给老太烧香，作揖，下跪
喊她“外婆”
她睁眼，咳嗽，并坐起来
毫不顾及
一个孩子的恐惧与惊悸
她飘过来
冰凉的双手握住我
喊我的乳名。我惊叫着推开她
——这个梦中的异类

1954年，沔阳发大水
母亲一岁，老太抱养了她
1974年，父亲退伍在镇里
老太嫁出了她
六个孩子的母亲
贫穷与匮乏啃噬着她

我有惊恐，是一个孩子的惊恐
我有羞愧，是一个成人的羞愧

2020年7月

渡

有人在船头歌唱
“家里有老虎
生出翅膀”
有人在船上
哭出了一团乱麻。还有人抱紧
稻草
跳入江中……

靠岸，有人念：“阿弥陀佛”

而鱼群从不计较幽深
白鹭依然怀揣梦想
而水蹲在石头上
那么多心事，各不相同

2021年8月

一只谈论黑白的猫

两颗蓝灰色玻璃球
透视着海一样的幽深
身披黑白相间的毛发
它蹲在屋脊上，与头顶的月亮
更换白天与黑夜

一只矛盾的猫。一只哲学的猫
一只来回踩踏着神经
与焦躁的猫
面对悖论的老鼠，它无语逃离

在相互咬合的高楼间
我用四年喂养了一个伪命题
它右眼飘扬着白雪
左眼蓄满旷世的黑夜

2020年7月

一只龙虾蹦出来

在安丰村，如果
一只龙虾从平底锅中，蹦出来
是个麻烦
一只龙虾，从捧着的手心里
蹦出来，是个惊扰
一只龙虾
蹦出来，我只剩最后一只保鲜袋

这些可爱的小麻烦
一直，制造我的恐慌
而惊扰，需要更多的保鲜袋

仿佛微生物的问题，就是装下
一卡车保鲜袋

2023年3月26日

关于一只茶杯

允许一口井
收容几片树叶
口沿上残存的几片，也将看破红尘

允许一处潭
成为一张书桌或一只茶几的仆从
在书房，就装书声
在暗室，就装黑暗
世事浑浊，总有几件无法澄清的
冤屈
允许它是掌上的汪洋
在一副肠胃里息灭了风浪

允许它有莫测的内心
允许它有不可逆转的虚空

2020年1月

荡 漾

木桶像挂在墙上的旧时光
而水还在荡漾
抵消荡漾，让它箍紧曾经的
困厄

“木制容器，
安贫守静”
刨花在舅舅双手间欢腾
让新东西，循规蹈矩地衰老

而池塘在荡漾
两只木桶，经常取走它的一部分
需要制造一场，
扁担与肩膀的互斥
“喝吧，
这是给你们青春的补偿”
衰老的裂

纹，正在扩大
适当的干涸，可以有效防止荡漾

2020年1月

找水记

你抬来打井机
我为自己的身体接通了电源
必须通上电。必须
替代一张张干涸的喉咙喊渴

我甚至想象自己，就是一根探入地下的
橡皮管，抽干了烈日下，
庄稼的焦虑与抽搐
我更愿替代一棵稻子
幻想着，站立在湿润多汁的水田中

不能再替代了
我干枯的四肢，在风中擦出火焰
一个人的替代那么有限
迟迟等不来上天的垂怜

2022年9月18日

像水推开水

薄暮时分。该停下地上的脚步
该停下空气中的倦鸟
该停下飞舞的尘埃
像水，该停下它们内心的躁动

而泳池里，空虚的水
毫无痛感的水
借助水下的双臂
推开自己的另外一部分

需要抬举时
它们淹没我。而绝望时，
它们让我这颗酷热之心
还保持着一丝丝尘世的清凉

2022年8月15日

燃　烧

你的毛孔，一定有一个
着火点
你嘴唇上的悬崖
一定有两根眩晕的舌头在
坠
落

夜色下的江面，弱水三千
如果燃烧
我将递给你第一朵波浪
如果裂开
我将取走你全部的伤口

2021年4月

乡村电梯

没有事物，能够让贫穷让步
天空不能，雨水也不能

攀爬有引力。人世有沧桑
无数次，
他接纳了那些，来自高空的欣喜
及低处的失落

田野上的电梯，他分开天空，
尘埃，以及
无人认领的悲欢。这样的
新事物
像一个上下领跑的人，怀揣平衡术
在每一层
电梯间，他抱紧自己的兄弟
让他们
在起点上抽穗。在顶点上金黄

2023年4月14日

在三山湖梨园

四月，车开进三山湖梨园
小果子们，各自拿出一部分青涩

一种来自深处的年轻
涌上我，并包围了我

湖面静美，反射光
恰好塞住叶片间的缝隙

跨过梨园边的竹篱笆
我们一一握手，互问安好

等待摘梨的人，伸出了双手
他黄金的手指，滴下甜蜜的汁液

2023年4月21日

新　村

在村湾。撞见一排新房子
我会放下堆满垃圾的生活
把保洁桶重新摆放好

如果我是外地来的陌生人
我会洗净脸上的尘土
保持衣着与新房子一样齐整

如果我开着车来
我会一边把车倒入车库
一边克制住内心莫名的惊喜

如果我足够年轻
我仍然相信
这便是新农村本来的模样

2023年4月12日

像琴声离开琴弦

在知音谷，几个疲倦的
游人，盘腿坐在一块大石头上
其中一个
挥动双手，他对面的几位
像是子期的影子，在聆听伯牙抚琴

许久。他们一个个起身
消失在山谷的尽头
就像决绝的
琴声，裂开琴弦

我与友人，
一路谈论流水。我们相继走出山谷
我们在风中作别
像琴声离开琴弦

2023年3月6日

新　荷

开始，是瘦弱的芽
来自于藕，但又不是藕
开始是淤泥
接着是水。是空气。是深埋于淤泥的

挣扎。那来自
幽暗深处的命运，刚刚开始

一个人，绕过荷塘
他对淤泥的理解，刚刚开始
一个人，撑着伞
不理会头顶的枯荷。他对一朵莲的
理解，刚刚开始

2023年5月4日

独弦琴

无法选择，所有人，在听一截枯竹的倾诉
无法选择，他把孤独捉到一根琴弦上
无法选择，那空空的尘世之音，只照见了

一个人的背影。
米小君子园里。篝火那么旺
这燃烧着的枯寂
星星那么多，这相互拥抱着的孤独

今夜，只有一位君子
弹拨着这无边的荷风，独自走下琴弦

2023年5月13日

能　量

那么多的热情，给了旋转。给了飞行
给了光……
给了一根线状的河流
你戴不戴安全帽，都是燃烧的一部分
而失去绝缘体，
那是消失的一部分。可以感觉，
不可触摸
可以歌颂，不可枯竭

烈日下。你开着工程车，绕过山梁
工具包，钳子，
扳手……高压架……你始终保持着那份来自高空的
热情
——可以燃烧，不可逃离

2023年7月15日

电是有爱的

风雪中，电线杆倒地
电流通过我的身体
这样的暗物质，本想给我以暖意
而我却说着抽搐与痉挛

爱，有时也是恶的
暗物质有时也是恶的
我的母亲，她不知把爱放在哪儿
她抓起一根竹竿驱赶恶的部分

这让我想起母亲，顶着四十度高温
在泥水中拔禾苗
这让我在漆黑的房间里，对我的孩子说
你要等待电流中，有光的那一部分

2023年7月11日

电线杆

高山上、大路边、水洼里，到处都是
一列列，笔直地生长
那么干脆，不需要发芽，也不需要枝叶
不在意一小片绿荫
阳光打扰不了，雨雪也打扰不了
彼此的影子，也互不打扰
每一盏灯，都是他们开出的花
每一次绽放，都是他们结出的果

那一年，当电工的大伯
从高高的电线杆上飞快坠落
硕大的火球像一朵绽放的花
除了死亡，没有事物可以打扰他
而堂兄走出大伯的影子
一顶安全帽，打扰了他

2023年7月18日

我只是让杯子暂时空着

你说：“上好的高粱酒
不会上头”
所以我暂时，还能分辨你倒酒的动作，它是粉红色的
喝下这
头一杯，我便对人世放下戒备之心

当我一一饮尽，
桌上的三大杯，我为你眼中的沙子而
感动
沙子中溢出的河流，将我一点一点吞没

明早，我将随打捞我的那个人
一同离开太原
我将告诉另外一座城市，喝“晋裕汾”切莫放下
手中的杯子，它只是暂时空着

随行的人坐在对面
她递过来的慰藉
也是粉色的。她给我斟酒时
也会说着同样的话：“好酒……好酒……不上头。”

2023年6月30日

好酒易燃

不是爱我，
你不会把酒倒进我的杯子里
不是爱我
你不会用火柴点燃酒精

你说：“好酒易燃，你需要一条河的哭声”
你又说：“如果哭起来，要像玻璃杯一样透明”

两个人之间，如果不能用酒来表达深爱
就用酒来表达绝望
比如一瓶“晋裕汾”有时冷到三十度，
有时又热到六十五度

2023年6月27日

嘴唇终将离不开酒杯

有人正在“反间计”里盗书。有人正从佯醉中醒来
有人正在唐朝借酒消愁。有人正对着陛下唱“仰天大笑出门去”
有人正在杏花村指路。有人正在纷纷清明雨中神伤
有人正在陈桥驿庆功。有人正在杯酒里交出兵符
有人正在聚义厅饮尽碗中酒。有人正在蓼儿洼唱着秋风
……

而嘴唇掉入酒杯中；而舌头掉入麻木中
而情节都掉入百年晋裕的酒窖中

2023年7月2日

一辆摩拜车

一辆摩拜车，横躺在马路上
是被骑它的那个人，遗弃的
没有了铃声，来不及疼痛
等待下一个骑摩拜车的人
扶起它，安慰它，给它指认方向

只要一个浑身倦怠的人
扫开它身体的二维码
它仍会啪的一声
为他打开那只锈迹斑斑的锁

2023年6月23日

莲 心

苦，有时候
来得那么突然，就像荷花被吹落
就像耻辱
在秋风后露出莲心

苦，又像一群哭散的亲人，让几颗莲子
重新抱在一起
又像一群信徒，放下各自的贫穷
举起了手上的镰刀

洪湖岸边，女人坐在荷叶下
剥莲蓬。她的莲心，
那么小，
一根牙签就可以消除。她的苦那么轻
只需要两片袈裟，
去包裹

2023年6月10日

偏　门

荷花开了
她不打算，回到自己的根部
必须等到一个人
等那个来到岸边舞蹈，并为她拍照的
那个人

而湖畔，羊在细碎的
青草上
咀嚼上周的牙印。而厨房里，锈蚀的
水龙头
期盼着远道而来的水流

洪湖浩大。他却只拍一朵
站在窗口的荷花
带着偏执的牙印。带着渲泄的水声

2023年6月15日

慰　藉

清明日，不宜动土
清明日，只搬运活着的人
他在坟头抚慰墓碑，
抵抗荒草。她在坟尾
烧起蠕动的纸钱

荒草里，有把铁锄，一直在

挥动。仿佛，一个存在的人
对一个消失了的人
给予的又一次安慰

2022年4月5日

坛　子

一块布
用它的窒息蒙住我
它是想让我，在这无法表述的遭遇里
找到瓷质的出口

这遗落尘世的容器
被土表述过。被火表述过。爱过朴实的咸菜
也咽下过
深不见底的苦酒。现在，我只剩一坛子空

对于未知，我有口莫辩
我为装下一坛骨灰，而无比悲伤

如果在我躯体的白瓷上，画出梁祝
就会有人，糊涂地去爱
如果画出鬼谷子下山
就会有人，无来由地恨

2024年2月12日

在隽青农场

一棵蔬菜的成长多么不易
红菜苔挨着白菜苔
即便没有粪水
他们也要努力长出蔬菜的模样

红菜苔，白菜苔
喊着这些名字的时候
我会轻松地从田野的这头走到那头
就像我为冬天的第一场霜雪
怀有无限热忱
就像我为这溅落到裤腿上的泥点
而欣喜不已

2024年1月20日

桔子岛

入场的桔子与回退的草木
再也无法沉默
爬上矮山的人，打算抱紧这些亲人
一边用果子的语言交谈。一边倾诉各自的
荆棘与薄土

而岛屿有岛屿的声腔，影子有影子的翻腾
退回原场的枯叶
在小小的陷落间，交换彼此的体温
像盛大的河流，停止了
所有的流淌

陆水湖倒了过来。我也是影子中，最柔软的一块
清澈与混沌都不能
分开

2024年1月10日

灯　塔

我接受一些事物，在白天成为
摆设。也接受
一些发光体，在夜晚坚守自己的固执
比如海边的一座灯塔
还有一个并未远去的守塔人

一个内心装下大海的人
他接受夜幕必将到来
把一小块白天，轻轻地放在波浪上
我就是那个提灯人，
提着两只眼睛，孤立在漆黑的海面上

2024年1月9日

在桔林

有时候，甜也是辛苦的
酸也是劳累的
而一只桔子的命运，远非如此

而桔岛，正在消弭一场生活的风雨
我摘下他的果实
却不忍取走他那有限的甜

行走桔林间
冬天的薄雾，悉数吹在脸上
不难想见，一阵寒霜曾经挂满眉梢
像有一种神秘的味道
突然间，将我融化

2024年1月1日

望春玉兰

在南召，望春玉兰
并不单一。她们的花朵，有着水晶一样的
多面性。那些花

都有爱情的坦荡，就像相爱的人
同时领走其中的
一个平面，让彼此深爱的雪，在拥抱中融化

诚实的人，共用一枚太阳，从不把白色的花蕊
当成黑夜的月亮
就像守钟人，同时敲响体内的那口大钟

而此时，春天尚未到来
寒冷的人，他与街边的一棵玉兰，交换了
彼此的高贵与卑微

这些诚实，纯洁，真爱，坚韧与
高贵的……多面性
于新叶呈现前，一一发出光

2024年2月19日

我接受落叶集体沉默

它们挨着，终于慢了下来
像是交出了一种使命
像是交出一场雪
像雪交出最后的清白

只有风吹过
它们才像一群老人，趺趺撞撞地聚拢
结束漫长的焦虑与彷徨

一个人的枯萎，
就是一堆落叶的枯萎
丧失了水分
无法拒绝腐朽，以及腐朽后的沉默

我接受了同样的沉默
接受两页书籍的虚空
我爱上了
一种木纹的深广

2023年12月10日

字 谜

生命中
我经历过的风雨，都是一张纸
我留在人世的痕迹，都是一个字
我终生练习一个字
我不介意它成为一个谜
孤独时
给它加上一个点，它就成为我的影子
倾颓时
我给它添上笔直的一竖
那是我正在倾斜时的支柱
我用剩下的墨水
来写绞丝旁，让一条紧绷的直线
有了几道弧度
让我在这曲折的尘世，懂得一点点迂回

2023年11月26日

在墨池边

墨汁，终生追随一支毛笔，哪怕在暴力中
漏下一滴，它也会在褶皱的纸上，辨认自己的真迹

一座墨池，承接了太多的雨水
而生出非黑即白的思想
落笔前，它已为世间，写下浑浊的判词
比如偷盗。比如纠纷。比如沉冤得到昭雪
比如指鹿为马。比如口供与画押……

墨水，成为黑夜的高墙
有人在墙内化蛹成蝶。有人在墙外引颈就戮
一滴纯粹的墨，即便泼洒到纸的边缘
它也要拼死写出真理的
核心部分

2023年11月21日

彼岸花

有没有一种花
选择在自己的名字上绽放？
有没有一种花
选择一簇孤绝的火焰？
并和自己的叶，永不相见？

一个被爱逼到绝望边缘的人
选择坐在一条河的对岸，张望那个一辈子
也没有等来的人
她终至于绝望：“这样一种虚无
也许就是生而为人的
全部意义”

我经过那座坟茔时
它渐渐塌陷，接近虚无
我不会折下那朵花
那是她在人间的爱，没有了结
那是她在阴间的恨，还在燃烧

2023年11月15日

开　关

开关简单而纯朴
就像一道算术题，只选择紧与松
左与右，上与下的关系

每次揿开开关
我不用考虑对与错的问题
以及白天与黑夜的问题

夜半时，我摸着床头柜
开关把恐惧从黑夜里提取出来，轻轻放在
河边的草地上

开关有时，也放出一群烈马
他们有着奔腾而咆哮的气势。好像一整条
河流，都被这小小的闸门所驯服

更多时候，我们在河水里摸索
只有踩到了一块石头
内心隐藏的那道开关，才彻底被打开

2024年4月20日

一只气球

气球不与男人一条心
男人蹲在地球上看落日
只接受一些星球浩大的部分

一根细绳脱离掌心
虽然有些轻浮
但迫于无奈，跟随它的主人

那轻浮之物，可能爱上了一条彩虹
或者一对慌乱的翅膀
喜欢像树枝那样，盲目地生长

这让男人，紧紧提防着
那来自天空的破裂声。一家人的离散
好像有理由，又好像没有理由

2024年4月27日

寻找蚂蚁

我在这夏日的雨后
寻找一群蚂蚁。它们像我小小的兄弟
住小小的房子
占用少量的水与粮食
不会为了一次荣耀大打出手

它们在土坑边缘爬行
在泥水里爬行
在鲜嫩的草叶上爬行
义无反顾又漫无目的
像一群散漫的队伍去攻打城池

它们满载而归
我把脚趾头伸过去。它们沿着裤管
往上爬。爬近我的耳边
我想听听它们的喜悦
而它们，给我讲了一整天的忧伤

2024年6月8日

小县辣椒

田里。地里。大棚里
到处都是
我沿着成片成片红色的光，找到绿色
叶片间跳动的
一小团又一小团火。这些烧得正旺的火
曾经发芽，分蘖，开出
孱弱的花。雨水中
它们经历过的稚嫩是一样的
它们经历过的青涩是一样的

现在，那一团团火被灼烧。被采摘
被装箱。被快递
被陈列在餐桌上。有的用青色
表达自己
有的用红色表达自己
我为这热气腾腾的食欲而感动不已
为这大汗淋漓的火而惊喜不已

2024年5月5日

西红柿爱人

首先你，必须知道
又酸又甜的味道
是一个人，爱上另一个人的味道

红透的西红柿挂在枝丫上，具有喜庆的
颜色。第一个触碰她的人
一定是爱着她的人

那个人还爱着一座城
把西红柿种满了小城的每个角落
他指着田野说：“看，那是我的西红柿爱人”

他还对买西红柿的人说：“尝尝，尝尝”
唾沫星子溅到对方脸上
酸酸的，甜甜的

2024年5月10日

一棵苦瓜

一棵苦瓜适宜崇拜
但在死亡之前
没人接受阳光的阴影里
伸出的这样一根藤，它吸干了地表下
所有的苦

这与佛相关联的蔬菜。清热。解毒
一边被拒绝
却一边治愈着万物的肉身
就像那些躲不开的罪孽
必须用一生去消解

而唐僧师徒
一边扛着火焰山，一边扑打着身上的火
而越王，卧在柴草堆里
身上爬满的苦瓜藤，一口一口吸干众生的
万顷苦胆

2024年5月15日

镜　子

镜子不去照一个人的反面
也不会去揣测
玻璃前，那片薄薄的内心。镜子在
漆黑的夜里睡去
仍然保持，对一位思想者的警惕

镜子说，
如果脸上长满恼人的黑痣
它也不会认定
那是一个人的污点。镜子常常抚摸一张
流泪的脸，它保持同样的
伤心，去安慰一副瘀青的表情

镜子没有秘密
镜子的秘密就是生活全部的真相
面对暴力时，镜子依然不会放下一颗
——碎裂之心

2024年4月30日

幸　福

鱼缸边，小男孩看红色金鱼
有红色的幸福。黑色金鱼有黑色的幸福

喂养金鱼的老人
他守护着几条鱼，看它们游动起来，
有着不可抓取的幸福
他也想，游到一朵衰败的睡莲下，让幸福
喘息一会儿

一条小鱼游过来，只是碰了碰他的额头，
又迅速离开
像是给予了某种旧事物，以新的安慰
像一朵睡莲，刚刚开过
一朵新的睡莲，迅速认可了它的凋零

而鱼缸，有着无法突破的幸福
它渴望打碎一身，窒息的玻璃

2024年6月18日

不确定的荔枝

刚才在树上。现在在马背上
等下城门打开。等下在贵妃的果盘里

刚才披着红纱。现在是莹白的肉体
等下是坚定的心脏

刚才是甜的。现在是酸的
等下是苦涩的

刚才在华清池里。现在在马嵬坡上
等下埋进泥土里

荔枝，不在乎成为红颜祸水
荔枝，留下了她干净的果核

2024年6月12日

火山荔枝

羊山荔枝，有着良好的开放性
那些火，逐一陷落
像耗尽了一棵树，一生的热情

一种果子的坦诚，只需要瞬间的
思维去打开
只需要在思维中，品尝到惊喜的糖分
只需要在糖分中，
触摸到羊脂白玉般的香甜
只需要在
香甜的土壤中，激活那些神秘的矿物质

海口，升降着一座座热带火山
它们因具有彻底的开放性，
从一颗火红的荔枝里，苏醒而喷发

2024年6月20日

镜中有你看不见的美好

大清早，有人敲了敲我的镜子
说了说：“对不起”

这是一天美好的开始
这样的天多么蔚蓝

仿佛所有的尘埃落到地上
仿佛这就是我，想要的幸福与圆满

我坐起身，扶了扶镜子
想看看，那个从里面走出来的人

他被天空突然窥探的隐私
以及他在人世间，转瞬即逝的美好

2022年3月25日

又见周瑜石雕

石头的妒忌，
来自石头的内心
他忌恨一把锤子，一支錾子
把无限的空间留给自己，
把狭隘，留给一块石头

敲打声不曾停止
他也不会放弃短暂的欢娱
把局限性留给自己
把琴弦上的空，留给小乔

再次来到周瑜石像前
出于神启
我把自己留给了江流，飞鸟
把天空，留给了石头

2022年6月9日

杉树是静止的

梦里水乡，我们的船
划开水面。
万物躁动，而池杉静止
它告诉我们
人世间的相对论，即将开场

此时，水从天上来，分成水分子
挂在杉树叶上
更多水分子，落到了更多的水里
它与每个游客一样，面色柔软
而内心躁动

鹭鸟躁动在杉树林中，相互打扰
它们拍动双翅，
它们刚刚从梦里醒来。它们一遍一遍
寻找参照物
又毫不知情地，落在参照物上

水中池杉，练就了一颗安静的内心
像天空那样
躁动与安详，总是彼此照应
就像树和船
相互依存，又相互抵消

2022年5月30日

玻璃撞在树桩上

拥有一颗透明之心多好
可以看灰尘的正面
也看心跳的反面

虚妄的雨，贪婪的胃
纯洁的矮脚楼
风吹动丹青一样的纸书

他汽车的视镜撞在了树桩上
这有什么关系
雨刮器分开尘世的雨水
车门关上，又打开
引擎声从天边传来
他放弃了那些瞬间记忆
他容忍了一颗碎裂之心

2022年5月16日

炊烟都是柔软的

即便柔软
也是值得依赖的柔软
比如软房子的
白发。比如老女人的内心

即便纠结，也是
一根绳索的纠结，牵引着你
往高处走
又紧紧地拽着你回来

一个人在风雨里走着
手里捧着阳光
却打着解不开的结
怀里有柔软
却是正在燃烧的柔软

2022年3月31日

春风吹

春风日，我喜欢
站在两棵樱花树中间，拍照
让两边吹来的花香
达到部分平衡
就像两种轻浮的事物，被风推开，
又在风中和解

樱花树下
书读半册，脑子里响起战争
我翻到中间那页
不让它被风，吹向任何一边

春风多么无情
在两个世界里，吹来吹去
春风又多么慈悲
把花香，同时分给两个看花人

2022年3月16日

桥

风吹过它，雨淋过它
都不发一言
车轮碾过它，喇叭催促它
它只擦去一些轻微的颤动
流水纠缠它，鸟儿赞美它
它依次躲开尘世间
那些聒噪的事物

当悲伤与喜悦
又一次抵达桥头时
它再也掖不住自己的痉挛
以及痉挛上裂开的几道细纹

2022年3月10日

河中坐着一块石头

河水落了下去。一块石头，
就像沙子里的孤独
它注视的那个人
也像一具孤独，蹲在岸边

两种孤独对视
在寒风中，保持着尘世的尊重
两种孤独，那么默契
都不忍说出心底多余的忧伤

2022年3月6日

偶遇制陶人

在陶场，偶遇制陶人
时间一轮一轮飞转
泥坯一块一块成形

他不知道，皱纹先爬向眼角
还是先爬上前额
浑身的细纹
到底在哪个朝代裂开

他说，“时间引领着万物
万物都是刍狗”
制陶人，他渴望打碎
一只刚刚出炉的人形陶器

2022年2月26日

教　育

陆溪江畔一棵歪脖柳
被取走几处断裂
你从眼睛里抽出一条线来
那么多墨迹弹在我脸上

朽木忽有被切割的快感
钉子忽有遇见锤子的快感
除了尺子，我还扔了一地铅笔头

一截木头，渐渐有了情感
懂得欢笑与悲伤

2021年3月

一条路

一条路有一条路的归宿
它曾在半山腰徘徊
面对绝命的崖壁
它有过不能抵达的痛楚

蹚过河流时
它又有着不能说出的空虚
以及穿过村庄时的大欢喜

一群大妈跳起广场舞
车轮闪过
所有快乐的轰鸣都是他们的

一条疲倦的路
一条有了呼吸的路
从不借助神的力量
把万物送达山顶

2021年6月16日

逃　避

逃避皱纹
就像流水抱紧老时光抽泣

逃避一幢老房子
体内抽空的光线都遗落其中

一条江的一生啊，不过是空空的流水
我的一生啊，不过是一场风雨的过程

只有百里月光从我脸上滑落
只有秋风在流水上刻下泪痕

2021年5月

诵　读

你读的文章里有我
而我
只接受文字里的骨头支撑自己

你的大摆裙里有我
而我
只取走它红色的波浪作旗帜

你在台上走来走去的样子
是我欢喜的样子
你哭泣的样子
像一位母亲，安抚孩子的样子

2021年6月20日

插电线杆

过去。贫穷。插电线杆
木头的。烤得黑黢黢的那种
它们多半插在马路两旁，
或在山梁上排成一列
如今日子好了
木头电线杆都集体退休了
吃着一份养老金

只有我还渴望像一根木头
戳在马路边
渴望春风
吹走我的孤独
吹开我额角上的新绿

2021年7月

母　性

早餐店
孕妇掂一下肚子
她也掂起肚子
孕妇扭着屁股
她也使劲扭屁股
吃面的孕妇抬了抬腿
她也把腿搭上椅子
好像体内可以取出一个婴儿

一位失独女人
刚刚摘除子宫
她想再做一回母亲

2021年7月

枯　守

为什么一片叶子会坠落
因为枯萎
为什么枯萎
因为虫洞
为什么有虫洞
因为我制造了那个洞
因为爱着那种虚无
今生仍费力地往上爬
爬向那片叶子
爬向一片枯萎的爱情

2021年9月

棠树岭

两个人走在高高的山岭上
彼此用手机
你拍你的，我拍我的
虽然背靠着背
拍出来的却是同一座山
虽然漫山遍野
却只拍了两个人

两个纸片一样的人
从手机里挣扎出来
点燃了对方的晚霞

2021年9月

轮　回

成为灰烬
与成为泥土是一样的。无非是
最后一根骨头熄灭时
决绝的火焰面对
一只孤寂的坛子，怀揣沉默

无非是一抔冰凉的泥土
替代了所有
亲人的嚎哭。无非是一棵草芥
逃不过
春天的欢娱和秋天的颓废

无非是若干年后，我也会如此依恋
自己的坟头
不再怀疑草叶上端的露珠
无休止地轮回
一季一季地哭干
一季一季地凝聚

2021年8月21日

家　风

似乎没有鸟雀了
你扬起的木棍，像孩子的翅膀
压住内心的飞翔

像一片羽毛
飞奔在细长的田埂上
像几根弦，弹破孩子的孤独

村庄至死维护老房子
老房子，至死打开自己的门
一扇门至死找寻一串铜钥匙

但是一个母亲的狭隘
就是沿着田畈追打自己的孩子
不让他老死乡下

2021年10月3日

我把自己还给你

诅咒了你
我把脸上的唾沫咽下去

生出了孩子，我答应你
把那个热乎乎的肉团
塞回你的腹中
剩下的血型，也还给你

你喋喋不休
一把烧开的水壶
这些年你发出来的热
我都替你装在了壶里

我那么向往高尚的神
我把自己还给你
只留下看不见的部分

2020年1月

归　途

子弹活着都是腐烂
枪声死过都是归途

一个黑肤色的人，只要两条腿上，
举着硝烟的躯壳
一顶贝雷帽，必然，在死过的
枪击里复活

在非洲南端。太阳挂在天上，像是
一种勾引
只要贫穷还在，
饥饿，就是两只黑眼珠
彼此在对方的眼眶里
找寻空洞的泪水

2021年8月

崇陵神道石狮

吹过我的风，又吹在坚硬的
石头上。
它们眼里，又一次吹落柔软的
霜雪。
即使面对相机，这些石头也绝不会
更换
一副大唐的表情

扬起尊严的鬃毛，即使草原
枯萎。
即使孤立于葬人的坟岗
即使坟岗怀抱盛世的落日
黑夜怀有

黑夜的梦。白天升起
白天的朝露。朝露里破壳而出
一声王者的咆哮

2020年3月

掌上的河流

我确曾在陆溪江边哭泣
水流静止，带着我的体温
像刚刚举办过一场葬礼

暮晚，伫立河岸的我目送
五条支流从掌心穿过
像五个奔忙的孩子
他们在漩涡中挣扎过，在人世间翻滚
在无尽的欲望里抓取过
只有像肌肤那样柔软时
他们才像菩萨那样释放过

有时，无论从哪条支流，溯游而上
都会听到一颗，真实的心脏
扑扑地跳动
这死而复活的河流
让我在惊喜中，重新恸哭一场

2020年9月

陆溪江

本来是江，我叫她河
我在意的是，她轻缓而宽广的仁慈
就像落日的白发，不曾被辜负
浅水中，挤满了扁担草
仿佛一种柔光
挨着另一种柔光
我试图把脚掌，埋进河底的细沙里
探听她恒定的心跳
总能触碰到，几片流水
相互磨擦的声响
仿佛我们衔在嘴里的秘密
有着不忍说出的沧桑

2020年8月

白　鹭

一只白鹭飞起来。又一只
白鹭飞起来。更多白鹭飞起来
仿佛一群孤单挤到一起
各自领走自己的薄雪

徬徨的那一只
悲催的那一只
在陆溪江畔的枫杨树上
垒巢。育雏。觅食小虾
它的母爱将要用完
它没有最后的春风可以倚靠

飞得最高的那一只
孤傲的那一只，
像个村长，领着一群雪白的乡亲
从河滩飞过劈精村
又从劈精村飞到河滩上

2020年10月

一只麻雀落在通村公路上

通村公路敞亮，宏大
麻雀成为村里最为细小的事物
面对公路上洒落的几颗小谷粒
它不肯放弃自己的无知
面对这莫测的危险
我常提着一颗倒悬的心
它的恐惧太小了
还触摸不到破碎
它的毛孔太小了，来不及收敛
对这个世界的戒备之心
我的悲悯太小了。路面上
一滩小面积的污血，它不再有
小小的脑袋。不再有想飞的冲动
而小小的我，飞出劈精村
翅膀擦过江上的云层
不知暴雨什么时候落下

2020年10月

把根留住

荒草从地里爬上岸
接着爬近老式石头门口
甚至占据了整个瓦房的顶部
一些隐忧式的繁盛
证明了你内心连片的荒芜

而荒芜还是拦截了村前的小路
它探向远方，有时枯萎
它一路颓废
让每个外出归来的人，在野火里
扑打着身上飘落的草木灰

现在，我看这些草
悲伤的草。复活的草
几分酸涩的草
在一场又一场大火过后
泥土紧紧地揪住了它们的根

2020年10月

一　生

跳广场舞的大妈
她从地球上蹦起来
又落回到地球上
她劈出手掌
空气也向她劈出手掌
事物之间有平衡
她用完了一生的着力点
一生会这样稳
节拍正陡峭，她只取出一点点倾斜

夜色凉下来
就像一盏街灯，渐渐终老时
一生的支点
才肯轻轻熄灭

2020年11月

泥沙，
用来消解内心的激湍

沙子都是柔软的敌人

不介意铲土车把沙子铲向哪里
如果铲到墙上，就会成为别人的窗子
铲到一个人狭隘的眼里
就会与柔软的硝烟对峙
挨着一堆沙子
我们互不打听秘密
我已经抓取了它们的秘密
我抓得卖力，它们漏得干脆
只剩空气从我的掌心滑落
工地上，它们自成一团
一条堆起来的河流
刚刚欢聚，又即将离散

2020年11月

溃烂之处

它们挣扎着要从我身体上出走
手术台上，
有人已经掏出安慰的刀锋
我伸出一条胳膊，却拿不出刮骨的勇气
它们血肉模糊。假装悲壮
我给它们以慰藉的粉末
却得到一身漆黑的毒素

面对一群细小的逃兵
我咒骂。
挥刀威胁。举枪瞄准。
甚至用法律，捆绑过他们
用绳子，吆喝过他们

“还有哪种呼吸这样重合？”
我用切下的DNA
愈合了他们
原谅了他们，在海浪上伤风的孩子

2020年10月

无 题

一块泥土的命运最终交给挖掘机
那么多的
幸福，都来自于神秘的蛮力
刺槐不甘于让出位置
踩在泥土上
我纠结于一株野蔷薇
她那么美，一生的荣光才刚刚开始

那种美，分享了我身体里的
一部分欢笑与悲伤
那种美，只给了我

2020年9月

锄

在田野上，总有一把站立的锄头
每天喂养一些泥土

他说他是一把锄头
不愿意埋没于荒草
认为自己的命，其实就是泥土的命

他用仰卧的泥土发出檄文
来吧，给我更多的锋芒
给我更多的暴雨
他一次次挖掘别人的坟墓
却都埋葬着自己的梦想

2020年9月

河泊潭怀沙

在水里驾驭自己的肉身
比在岸上悲壮
宽大的长袍里
灌满一些嘈杂的沙子

干净的沙子。腐臭的沙子
高贵的沙子。阴暗的沙子
……
一盘散沙的沙子

一具干净的肉身
在不安的波浪间反复淘洗
而我，长久伫立江岸
流下悲凉又谦卑的泪水
我们都有一颗
沙砾一样坚硬的灵魂

（注：河泊潭，汨罗市郊，屈原投江处。）

2020年4月

在屈子祠

王驾前苦谏的那个人，是被贬谪的
屈大夫
盘桓在城门的那个人，是不再归来的
流浪汉

不相信，一个高居庙堂的人
不会选择去流浪
不相信，一个流浪的人
会再次盘桓在城廓下

但我坚信，掩埋真相的人
遗臭于荒野
客死他乡的人，还活在原乡

一个跪在屈子祠里祈祷的人
是一个读破了《离骚》的人

2020年3月

一颗粽子的告白

被收割，必须承受镰刀划破秋风
被去皮，必须承受一丝不挂的
肉体，裸露羞耻。
被烹煮，必须承受三昧真火
打破了丹炉
被揉搓，必须承受千斤石臼
碾压了山河
被捆绑，必须承受蒙蔽与排挤
撕扯与分裂

必须紧，拒绝松
必须白，拒绝黑
必须清，拒绝浊

宁愿魂散于澄澈的碧涛
而化为碧涛
亦不能接受谄媚的绳索
而成为绳索

2020年3月

左徒十二家

十二座土堆，就是一捧尘土
骨骸放弃了皮肉
心跳放弃了体温
头颅放弃了幻想
灵魂放弃了溃烂

一群乌鸦
落在高一点的墓碑上
苟活的黑，吞噬旷世的白
它们借助风，往高处飞
我也任由风
吹得满脸尘埃。满脸尘埃

渔父亮出他哲理的前额：“沧浪之水
浊兮，可以濯吾足”
我答：这旷世的逆淘汰呵！逆淘汰

2020年3月

邂逅玉笥一棵橘

我们兄弟俩
害着同样的思乡病。现在
只有两棵树
坐在这个小小村落，肩并着肩
孤独挨着孤独

我唱“密密枝丫呵举向天空，
浑身毛孔呵只长尖刺”
你写《涉江》。写《哀郢》
写《怀沙》……只是
不再写一棵树，它“苏世独立，
横而不流兮”

两个光秃秃的人，如果不紧挨着
就会被风折断

2020年4月

香草拥抱了众多的朝露

叫做“葹”的苍耳子，拽住我的
长发
叫做“蓱”的浮萍，成了我的
小兄弟
就在汨水边扎营吧！这是雨后的
罗城

从菖蒲塘采来“兰荪”
从黍芝堂采来“紫芝”
身上插满香蒿，幽兰
用薜荔做成“凉粉坨”。从沼泽里
挖来白蘋
祭祀我的远祖高阳

扶桑花春天红过，秋天依然红着
女嬃怀抱朝露
唱着我刚写好的《惜往日》
泪水滚落在，脚下的湘水
天边的密云，把太阳

扔在泽畔的泥淖
阴影上，爬满剧毒的宿莽

而想象，随时会实现的想象
香草挽留的邻居
看露珠样干净的尘世

2020年4月

年　历

春节前。乡下老堂屋
七十多岁的父亲，又一次挂上
年历。他会
每隔二十四小时，就揭去一张
当我
踩着炊烟回来
他正一片一片撕下自己
每隔
三百六十五天，他就让自己在人世间，
消失一回。他终于撕光自己。这个怕死的人
一边拒绝死亡，一边
掉进死亡的纸屑里

空空的老墙，更多的亲人
从一堆堆老黄历中
也将找不到
同样消失的我

2020年1月

雪霁之前

多年前，一场雪，下在乡下
老房子上
又下在城里的每个
角落
穿着高筒胶靴的我
在雪地上，像团污渍
消失在无边的白里

今冬无雪。不用一个人孤立在雪野中
不用担心
一场旷世大雪，什么时候能够停下来
不用担心
这一年中，再也含不住的
泪水
滴落在脚下的雪地上

2020年1月

问

挑断脚筋，就跳不动了
铁笼，塞进一只河獭里

肝脏痉挛。血液开始在河床上干涸
“留下脸上的鬃毛，行吗？”
“留下记忆也行？”

山空了。为了寻找一片嫩叶。河流
抱住最后一块
卵石
剩下最后一次心跳，最后一个兽类的回眸
都交出来了

心与肺，指着一颗看不见的毒
“这个，你们
也要拿走？”

2020年3月

钟　摆

我不会死在墙上。你看到的枯槁
只是我昨晚的影子
黎明，我从自己的骨头里穿过
身后拖着一串浑浊的脚步

巴克说："你拉大身体中的缝隙
让他们经过。"

有时候，我来不及回头
他们都是我。我的脸。我的双手
我的表情。我一路扔掉的垃圾箱
旧照片
我扔掉无数的我，前面又候着一个婴儿的我
我走出我
又迅速死在我里

（注：巴克，福建人，当代诗人。）

2019年10月

种葡萄的女人

扶贫队来了。一阵阳光
落在秋天的幕阜山
池塘水退去。女人看到了石头
露出甜蜜而坚实的
头顶

女人还看到，拿锹的
那个人
朝着自己胸部添泥土
三年前，他把自己埋在一只
车轮下。藤蔓
碎裂

秋风吹一阵，两个孩子往深处
又熟了一些
她与一名扶贫队员
走进葡萄园深处，最甜的圆心

2019年10月

柿　子

乡下老房子前，一棵树上结满了
红透的柿子。
一只柿子，必是一间小小的
房子
必定住着，一位孤独的
老妇人。这个无助的人
她把自己点亮了。必有一盏孤灯
为她，照亮头顶的
星星
必有一座天堂
在她心里，一直悬着

一只孤独的柿子。一只服软的
柿子。她在腹中
养育了
几粒冰冷的种子

2019年11月

写作业了吗

遛鸟回来。尚未松开羽毛的
小人
从书包里，找出了作业本
把几行文字
赶到一张纸的空白处
睡意
就从眼睛里，一点一点滴下来

阳台上寂静。他却爱着那种
悬空。他的翅膀
是鸟笼的翅膀
他的飞翔，是下坠的
飞翔

2019年10月

喜欢你刮风的样子

喜欢你开着车来看我的
样子。左脚
踩在右脚的油门上。窗玻璃呼啦啦
响
你刮风的样子，是我扬起尘土的样子

甩开虚伪的尾气，浮躁的尾气
斑马线上，一根拐杖，还不懂如何
避让自己的孤独
我用
耳朵为你摁响喇叭

你慌乱的样子，扭动关节的样子
像丢失了路标的
方向盘
我的眼睛，为你亮起车灯

你把车，从清晰的听觉里
开出来

从带着温度的泪水里
开出来
走在一条直线上，还没学会转弯
你刮风的样子，是我下着雨的样子
我已踩不住，身上的刹车

2019年10月

我有秋天般的幻想

你以为我是一片枯叶
过了今晚，就会同阳光一样
黯淡下来。一只枯叶蝶看到
着火的枯叶，吞下傲慢的烈日

你以为我是一只无用的南瓜
肥胖，笨重。我会抱紧一阵秋风
从藤架上挣脱下来。在地面
留下一只环形的陨石坑

我认为我是一抔土。
秋水退过脚踝，我是一株
泥土上的稻子。露珠打湿的尘土
就是一副秋天宏阔的母腹

哦，我的身体
这暴烈的火，这灾难的石块
这仁慈的怀抱

2019年9月

默　契

见到一棵树
首先喊他的名字。我们中间
只隔着两片嘴唇那么远的沉默
站在树下，我干脆叫他“沉默”
这时会有几片树叶，顺着风
落在我的脚背上

譬如我牵出一头牛
他喝水，吃草，把犁拉得欢快
与我保持一条尾巴的距离

有时我喊“大黄”，一条狗的名字
他会从老远跑过来
朝我张望，摇尾巴
嘴里呜呜呜，像唤我的昵称
并把骨头上最柔软的部分让给我

2019年7月

各飞各的

树枝上的鸟
同样是乌鸦。这有什么用？
它们总是各说各的
同样是喜鹊。这有什么用？
它们总是各唱各的

一阵雨水落在羽毛上
这有什么用？相同的尘埃
它们总是各抖各的

两只慈悲的鸟，两只惊恐的鸟
即使叫出它们的名字
这有什么用？
一座森林坍塌
它们总是各飞各的

2019年8月

失　落

他的失落，是一座村庄
有时还是背部的鳞片
或几只洋葱

此时的他，走在
荒芜的洋葱地里
野草漫过他的腰部
夜色追上来
枯死的池塘，让他心生茫然
他一片，一片……剥洋葱
他擦拭泪水的样子，像在
安抚两只忧郁的洋葱

2019年4月

那个人在江边走了很远

那个人在江边走了很远
新生的芦苇青葱
他却爱一朵浪花的眼睛
和眼睛里的沉默

他伸出一只慌张的手
却握住一个漩涡
水流有时缓，有时急
这能说明什么
你心里有堤坝
他期待怀有溃口
一条尾巴游过来
能够与自己重合

2019年5月

纯　真

她落在阳台上。羽毛上
栖落的阳光也是单纯的
比地板上几颗米粒还单纯

她迈动碎步，仰头看我
这让一个满腹心机的人
立刻获得了一种纯真
来不及报以一声诚恳的鸟鸣

也许，她只是想与一个纯真的人
交换翅膀，飞翔，繁衍
抑或什么都不是

迈着碎步的女人，与我对视的女人
她的纯真，羞于示人

2019年6月

父亲的枇杷树

我的父亲在果园里
踱来踱去，一会儿从自己体内
走出来。一会儿又像枇杷树
那样咳嗽

我的父亲，他不吝惜更多的裂缝
他不吝惜把更多的枇杷果
塞进体内

枇杷叶，一年四季绿着
而枇杷树，唯一想做的，就是
怀有一个老父亲体内
尚未熟透的果子
它们有时酸，有时甜

2019年3月

我朝空中抛出一只鞋子

我朝空中抛出一只鞋子
我不介意她在风雨里，单腿独立
不介意她会，歪歪斜斜
走在马路的哪一边

她失偶，孤独，在雪地上
留下一行干瘪的单行线
她找不到一扇门
一跛一跛，踩在
自己虚弱的脚印上

如果，我朝空中
抛出另一只鞋，一个人
会不会，自己与自己并肩？

我望了望天空，我手里
还剩一只鞋

2019年4月

油菜花

我，是黄的

油菜花，也是黄的
一垄垄地开，一垄垄地开
她们结的籽，是黑的
我的头发也是黑的
它们老迈时
是白的

油菜花，高高低低地站着
呼吸挨着呼吸
越来越急促。我不小心
碰落的那一瓣，也是黄的
母亲的头发，是白的
她不知道
我的果肉，也将是白的

2019年3月

路从我眼睛里延伸

路，从我眼睛里延伸而去
可我看不清它的尽头
雾呵雾呵
只给我两盏车灯
灯光迷离，落魄
它们还将在虚妄里熄灭
我为此感到困惑
低沉的暮色下
有人原路返回
在出发的地方寻找眼睛

2019年1月

一条江豚

搁浅后。孤寂扭动了一下
尾巴。我看得很清楚
看清楚了，一粒沙子
幽冷的悲伤
我们交换呼吸的
样子，像江水宽广的背鳍

孤独吐出了孤独
忧伤放下了忧伤
我们同时
把绝望当成了一支桨
把泪水当成了一片海

2019年2月

琐　碎

像精明的灰尘一样
他一路抛出黑芝麻
老年人都说：“要耗尽一个人的
一生，莫过于往池塘里撒

下一把油菜籽”
投水的幺姑，至今在水下
摸菜籽。
岸上的人，正一把一把扎紧
芝麻秆。太琐碎了

一把无法入睡的
灰尘
他蜷曲自己幼小的身体
含住左边那只乳头
不明不白地
进入梦乡

2018年12月

路　过

母腹里，我常常练习倒立
那些倒着走路的人，倒着哭泣的树
让我过早地懂得辨认
人世间的泪水，如何落到天上

我把肉身，寄存在几间房子里
把青春交给一个女人
生养几个孩子。来不及
写下一份遗嘱。来不及

最后一次忏悔。来不及

在土地深处，我埋名，隐姓
删除留在尘世的一切
在那边，我也要努力
装成一个问路的人

2018年10月

寒　露

露从今夜寒
一滴露水，通过草尖
穿越另一滴露水
两半凄凉，加在一起
略重于一棵，没有姓名的草
就像父亲，经受过一辈子的风
母亲淋过，全部的雨
加起来，略重于大地
他们额上的繁霜，落在泥土里
长出的草尖上，挑着露珠
那么多的露珠，略重于
一棵草，一辈子的炎凉

2018年9月

霜 降

已经没有值得悲伤的事物了
仿佛人世间的泪水，已干涸
挤出的一层白霜
曾经盛满雨水，雾霾，铅云
天空懂得如何做好减法
减去噪音，减去尘埃
贴身的一层薄云，亦将剥离
正如树枝减去枯叶
鸟巢减去体温

直立了一辈子的人
减去毛发，减去獠牙，减去
恸哭。身体弯下来
哦，悲伤多么空旷
泪珠渐渐变凉

2018年10月

组　合

一块抱有锋芒的铁
会找一根温和的木头示好
组合成某种联盟，或一把槌子
敲它该敲的柔软
也敲它不该敲的坚硬

更多时候，金还是改变不了
克木的本性。一座森林
在剧痛中坍塌
锯齿驱赶肢解的木头
一阵木质的碎雪，掩盖了
地上刚踩下的趾痕

与槌子结盟的人
一遍一遍敲打自己
直到敲击声越来越刺耳
直到楔进淤泥深处
直到人与槌子互相出卖

2018年4月

雨　后

把一个几百里外赶来的人
放在一张藤椅上
这样人与椅子的默契，就能填上
人与湖的缝隙

在湖边
他起身，像一滴落单的雨
淹没在人群中
看着一滴雨撕裂另一滴雨
像两粒混沌的灵魂
不住地掉下哀切的粉末

一座湖，它有坚硬的名字
却熬不过
一场风雨那嘤嘤啜泣的白发

2021年6月27日

拒绝污染灵魂的字

我看书，只是看纸
活在空白里多么坦然
如果不经意，看到一个“鸟”字
我的双眼会堆起鸟粪
看到“海”字，就会有一架
失联客机坠入深海
看到“崖”字，就会有坠落前的
歇斯底里。看到“丘”字
埋着一模一样的皮囊
看到“刀”字，不停地杀人
我也逃不过一场血光之灾
看到“哭”字，我会奔向雨中
哭成一个泪人
看到“笑”字，也曾试图
对着镜子强颜欢笑
我在字与字的缝隙里
东躲西藏
像个疲于奔命的通缉犯

2018年10月

壁　虎

灯光还在抓挠着窗玻璃
脚趾怀有夜色一样的沉稳
我们对视。把呼吸压进喉咙
彼此递过去的鼓励
透明　坚挺

需要一只蚊子或飞蛾
降低人间的饥饿与战栗
需要一盏孤灯
消除它背上的长夜

它的狠，剧烈，无助
它的尾巴，脆弱，痉挛

2018年7月

对 望

与对面高楼上的女人对望
每天在同一时间同一位置
他望着她
是为了让她能望着他
他们共同拥有一条深渊
两个对望的人
谁也不敢走近对方一步
两个对望的人
都怕对方粉身碎骨
两个对望的人
关掉灯，各自离开阳台

2018年6月

晃来晃去的眼珠

一个不是轻易可以动摇的人
却不能左右自己的眼睛
在一张脸上做相同的动作

晃来晃去的眼珠
多像一对孪生兄弟
舔舐同一本书
占据同一张女人的脸
佩带玻璃柜里同一条项链

它们怒目圆睁，却从不彼此仇恨
它们有着共同的悲伤
却各流各的泪水

2017年9月

一块冰

捧着一块硕大的冰
抓得过紧，它会伸出
一双与我一模一样的手
僵硬地握住我
我把它从左手换到右手
又从右手换到左手
如果把它抱在胸前
我会失去知觉
只剩一颗凉透的心

为了等来一把拯救的火
我需要终生捧着它
从左手换到右手
从右手换到左手
我怕一失手
它会摔成满地细碎的冷笑

2018年1月

一条逆流成河的船

一条随波，但不逐流的船
逆流而上时，
不会与迎头而来的浪花
达成和解。水交出溃逃的泡沫
交出惊恐的砂砾。
水不会撞击水
只有坚硬的铁会擦伤水的腹部

船也有顺风顺水的快感
不再与流水较劲
落日西沉
一只渐渐丢失码头的船
它会搁浅在自己的倒影上

2018年1月

像蝴蝶一样轻

一只蝴蝶的飞行是轻的
它翅上的斑点是轻的
它的孤独也是轻的
一只蝴蝶的触须
触碰花蕊，那么轻

两只蝴蝶怀有一种孤独
尝青梅，骑竹马
他们的表情是重的
他们睡在一座新坟里的样子
也是重的

2018年5月

坟头草

不能拔去那些青草
这哺育一群孩子的盛年
不幸碰倒了一棵
风也会立刻将她扶正
赐她一场坚强的雨水
指间的露珠含住一世的秋霜
我只拨除一棵渐黄的叶片
一张打皱的脸晃动一下
发出一声轻轻的“哎哟”
我拔草的速度必须快过秋风
我怕我一转身
就认不出满头霜雪的你

2018年4月

绿兮衣兮

心里埋着一座坟
埋着一张脸，一副好身段
还有甩过河的黑发
离去的体温与浅笑

阳台挂着棉袄，风衣，大摆裙
静静地怀念一场突发的交通事故
寒冬释放丝绸般光滑的体温
“绿兮衣兮，绿衣黄裳”
月光折断紫薇花
寒风拒收一场暖巢
丝织物有着碰撞出的孤独

“绿兮衣兮，曷为其里”
推开一场雪，一团雾
心里放飞的两只蝶
披挂着墓碑的哀伤

2018年1月

一片雪白

天空泼洒出冰冷的白
我的白，是胸腔内滚动的白

舌尖盖住一片叶子的白
我的白，是一粒空气掖住的尘埃

可以折叠，堆塑，哭泣的白
我的白，掏出过一曲哀乐

山峰揪紧湖泊含住的白
我的白，容不下眼中的黑

我的白，适合众生表达命运
一场不期而遇的白
略显霸道。如果两种白
相互赞美，炎凉恰到好处

2018年1月

一壶饺子

几块白嫩的面团
需要一根擀面杖的缠绵
在揉捏中配合默契
身披月光的饺子，像一对对情侣
它们习惯，赤裸着身体
埋入热气腾腾的被窝
相互纠缠，做爱
满腹心事升温，翻滚
如果温度再高些
它们会兴奋地从床上
滚落。一只茶壶
咽了咽羞于喊出的快感

当怀抱的月光魂飞魄散
一如众生，在人海中沉浮
茶壶会撅起嘴
时不时喘出一口粗气

2017年11月

相框里的人滚落一颗泪

相框孤独地挂在出租屋的土墙上
照片上的人走了

需要他哺养的人辍学了
生下儿子的女人不知去向
年迈的父母一分一秒泅渡残世
工地上积满了沉重的雨水
都是水泥板。那么大，那么沉
他一次又一次组装自己的骨头
在这个木框里，跨不出的
每一步。都在让他提前死亡

路过照相馆，他笑笑说："老板
来张上身照。黑白，放大。"工工整整
镶进木质相框。

出租屋里 他把它挂起来
他就不在人世了。挂了多少次
死了多少回。记不清了

与相框对视

一颗泪悄然滚落

险些惊动，另一个世界的人

2017年7月10日

退进泥土的父亲

这些年，父亲一直退
先是从岗位上退
然后从儿女们的长势中退
闹市也在孤独中退
一直退到凤凰山边缘
就像沧桑褪尽沧桑
不再主演人间

菜园里的父亲
他的孤独更深一层
茄子，豇豆，辣椒长势旺盛
父亲的孤独与它们成反比

父亲模拟一只蝈蝈
趴在泥土上 我也不由得贴近泥土
他在听还有几天，退进泥土

我听。我怕在梦里
仁慈的土地向他发出邀请

2017年7月2日

洗　面

黄皮肤白皮肤黑皮肤
都差不多
灵魂偶有小恙　如心肌梗

一个拥有多张肤色的男人
就患过心肌梗。曾经从战场上来
从竞选中来。从阴谋中来
无尽的硝烟，突起的风云，舞台上的政治
被处理得恰到好处

白日昭昭　夜月皎皎
暗藏杀戳的黑眼圈　饱经风霜的褶皱
来不及忏悔的老年斑
多像黑暗里的勾当

面膜，眼露，精油，去皱霜
一群温柔的帮凶

敷一张面膜三十分钟
革面，不洗心
一生，需要经历多少张面膜
才能抵近本来面目

2017年6月7日

听听拧开水龙头的声音

一只孤悬的水龙头
我每天拧开它一次
听它哗哗的倾诉
听它如何与硬作对
与冰冷的胸腔作对
这让我内心的硬度又深了一层

面对硬，我交出一块软
面对高，我放下一段矮
借助一点压强，我会重返人间
化身为一滴水，一朵云
及天空中一道坚硬的闪电

2017年5月

抱紧自己的头

像搂着坟地里捡来的一张面孔
装在自己的脖子上
看见堵满油脂的毛囊
如何驱赶头皮上的黑发
如何免除一场十五岁的牙龈肿痛
还有终日纠缠不休的过敏性鼻炎
让自己彻底成为一个“没脑子”的人
再也听不进谩骂、呵斥、唠叨
及甜言蜜语。还有告密者的阴谋。

用空洞的目光看空洞的世界
直到一天，木然的表情下
露出一副白森森的獠牙
把自己吓出一身冷汗

2017年5月

一把甘于平凡的椅子

熬过肉体的磨损
一截灯光的余烬
从即将关闭的眼睫上断裂

它努力把背靠近床头
让眼珠跟落日一起沉到梦底
倾听他白天奔走的影子
还有脊椎间撞击的风雪

它记不起宫殿上端坐的椅子
还有几个散落的兄弟
它怀有寻常人家的血统
尘世平凡，安详
他随意调整了一下自己的坐姿

2018年1月

一块肉身的补丁

乡下人家的火塘上
挂着一块腊肉。它曾经
拥有一座森林的灵魂
及灵魂上结满的野果

它还拥有
一只山鸡的豁达与自由
一只狍子的超拔与悠闲
它曾经四蹄如风
像大树一样粗野地呼吸
惧怕踩痛每一片落叶

它丢失了头颅、四肢，
及更多的内脏
像一座坍塌的山峰
遗落了所有星星与落日
一块肉体的补丁
面对人间烟火
无力挤出最后一滴乳汁

2017年11月

一顶帽子

总有些什么是要遮住的
比如心灵上新添的几块伤疤
比如阳光下一小团阴影

鞋帽店。我轻易地剥夺了
一顶帽子的自由。来释放身体里
另一个自由的我

戴着帽子的我，经过铁路桥下
一阵风呼啸而过
感觉头皮被揭去一层
阳光重新照着，原来的我

2017年8月12日

雨还在下

雨还在下，像哭
有人在避雨
他背不动天地那么大的悲伤
他空洞的双眼已经干涸
他能掖住的，只能是
失去亲人的孤独
天啊，一个亲人自然死亡
又一个亲人死于病痛
去年死去的亲人开始淡忘
只有天空，张开慈悲的胸怀
替他哭了一场又一场
冰凉的泪水打在脸上
会不会有一阵小雨
在他临终前呜呜幽泣

2019年1月

在茯茶镇读《诗经》

“六月栖栖，
戎车既饬。”茯茶与《诗经》
什么关系？
无非是大敌当前，在高温里架起
一把上好茶壶。

“侵镐及方，
至于泾阳。”茯茶与统帅
什么关系？
无非是驾驭四匹烈马，按捺住
内心的火
让唇齿间的茶多酚镇静下来

“侯谁在矣？
张仲孝友。”主人与客人
什么关系？
无非是一个要“炰鳖脍鲤”
另一个要烹茗煮茶

2020年4月

《栖霞山图》浮想

只要一片红枫，就能长出叶脉
就能交出一条佛道
僧人由此抵达佛境，盛放一部经书

只要一座行宫，就能豢养龙凤诸峰
就能盘起一团王气
适合圣上来此，指点江山

只要一处向阳的坡地，就能开荒种茶
就好谈棋品茗。好友自山外来
看江上落霞万点，孤鹜齐飞

日月同辉，山川同此凉热
栖霞寺的钟声响了一晨又一晨
霜红苑的丹枫红了一秋又一秋

2020年4月

把西风压住

树叶把石头压住
石头把蚂蚁压住
蚂蚁把地球压住
地球把一页纸压住
一页纸把泰山压住
泰山把鸿毛压住

黑把白压住
轻把重压住
功把过压住
……一个声音说：
“不是东风压住西风
就是西风压住东风”

2021年12月

像烟灰一样吹落

两个百分之十的人
像枯树一样互相支撑
他们挪过斑马线
一阵风吹过
人行道变得像一座空空的山

路口的我，指间烟头
燃到半截，让我这
成为灰烬的百分之四十
点燃了身后，永远未知的部分

2021年12月

轮子有轮子的倾泻

车子开来开去
开来开去。马路有马路的倾诉
轮子有轮子的倾泻

通往尖山的路上
他为内心翻不过的海拔而漏油
几只泄气的轮胎

一哄而散
任性的轮胎，偏执的轮胎
扎在一颗虚无的钉子上

2021年12月

在仙鹤湖

即使在荒芜的墓地栖息，育雏
也不考虑死亡，更不会被死亡打扰

只是被关进牢笼中
才升起“终将灭失的意义与证据”

小小喉咙，怀揣真理
“自由的信仰胜过死亡的垂怜”

而墓地下拥挤的人，他们有偏执
从不打听身旁鹤一样的鸟鸣

2021年4月

像树叶一样坠落

经过一片森林
必定会与一棵苦楝树相遇
必定有一片，黄透的叶子
打在另一片叶子上。树身必定会
倾斜一下。必定有一颗苦楝子
砸在地面上。林子深处
必定传来脚步声……

一个站在秋风里的人
与树叶一样战栗
爬上树梢的那个人
不知会坠落在哪片叶子上

2019年11月

开茶楼的莼川女人

空空的茶楼。两只空杯子
不再交换位置，不再交换
彼此剩余的暧昧
两副私奔的皮囊，不知道
茶什么时候凉下来

在莼川，茶坊是旧的
茶楼是新的。
她从不搬动古人的
那部《茶经》。他们走了
她就使劲敲心底的茶垢

每天，她都要练习
如何沏好一杯茶
不断地揭开盖子
让它保持苦涩与悲凉

2019年12月

湖　边

一个人的呼吸
不对鱼群说出自己的窒息

一个人的干涸
不向辙退的湖面撒下渔网

老墙坍塌而小路消隐
不与新鲜的别墅说再见

爬上眼角的南瓜藤
不便交出内心的衰老与荒芜

两个人抱得那么紧
却擦不出一丁点儿响声

2023年5月28日

悬在天空的心脏

飞越万米高空了
白云在身边静立，而世事难料

提到天空的嗓子眼
世界白得耀眼
没有半丝儿人间的风
也少了天空下涌动的暗流

挤在一只大鸟的腹腔里
此时。鸟儿怀抱一颗人心
在五味杂陈里穿越云层

玉龙雪山振动双翅
它配得上这世间最好的飞行

天空如此辽阔
容得下一座山
能够接纳一双远道而来的翅膀

挂在高空的心
还会裹挟着雷电、冰雹
轻轻栖落在教堂的屋顶

2017年9月16日

一棵桉树

在云南，桉树拿不准自己
还要不要向天空生长？
在滇池边，它甚至限令自己
每天只汲取十分之一的水

白龙路上的桉树
只有高原上的风与它为伍
空气轻擦它的双肩
它在沉思，怎样
拥抱这些城市的兄弟

桉树，愿意被揉搓成
一张白纸。或者被切割成
一把椅子上，木质的榫卯

2017年9月20日

老屋门前有棵树

起风时，它就摇几下
雨停下来，它就是个哑巴
深夜，它把头侧过去
探听屋内的秘密
像个长者，似乎那些

掩藏在黑暗里的悲喜
它懂得最多
时而对着风笑笑
内心一直怀抱闪电

天上，既刮风又下雨
它就模仿自己，唠叨几句
或对着老屋檐发生一场争执
不经意，就把黎明前的鸟吵醒

2017年9月25日

一朵浪花向大海澄清自己

在天空，水大多与云相依为命
相互排斥，又相互吸引
就如天空掉落一颗泪
挂在人间静谧的屋檐上
有着猜不透的身世

它也在一个人的骨头里
穿水的衣
唱透明的歌。进入时呈现水
退场时仅能是水
阳光照下来

它就消失在空气中
带着颜色的水，当它鲜红时
有着不能流出的苦衷

大海被当做归宿
它包容了世上所有的浪花
与浪花一起沉浮
并试图向大海澄清自己

2017年10月24日

雨水落在人间

雨水落下来，把我压住
我要的是洗涮，而不是冤屈

要的是青天，而不是风吹伞折
要树木的忍耐，而不是河流的暴力

雨来，我要的是一颗水的重心
我要的是，它垂直地落到人间

2022年7月17日

狮子峰

薄暮。狮子峰上
最红最红的云开始燃烧。一阵追赶一阵
像那个攀登的
红色的人
油漆里的热忱。以及热忱里升起的
红色的狮鸣

暮深。缙云山收拢翅膀
一天的火焰
慢慢熄灭。这天空的精灵，拉起
脖子上，红色的鬃毛
欢快的四蹄
还在那个人的体内踢踏

2023年10月6日

胎　石

缙云山发出几声
婴儿的啼哭。年轻的太阳苏醒过来
我想用爱，
把整个婴儿，从石头中取出
他单一善良
他幼稚无知。风吹过他，雨淋过他

他还不善于感受
一块石头的温凉。一个沉思了亿万年的
孩子，他取走了
一座山的父爱，也必然承担
一座山的期冀

2023年9月9日

空巷子

没有人会在空巷子里哭泣
婴儿不能。老妇人也不能
两个擦肩而过的人
一定分担了彼此的黑暗

背着老墙爬行的那一个
是最先掏出亮光的那一个
是脸上长出苔藓的那一个

每次经过空巷子
我总在人流中寻找那一个
他有着婴儿般的鲜活
又有着老妇人的斑驳

2023年9月7日

已经旧了

我们对坐着
你不愿取下我眼角的细纹
那是时间
在我肉体上摩擦出的粉末
起身离开
我在风中摇晃了两下
那是因为破旧而发出的噪音
这个尘世的意念消解着我
我无法停顿下来
如果地球静止
那是因为我领走了它全部的能量

2023年8月13日

蜕　变

你无法穿过一条窄窄的巷子
甚至不能从这头看到那头

狭窄的老砖墙有为你砌好的秘密
但，尘世的狭隘不等于肉身的狭隘

它拒绝沸腾的人潮
它有着侧身而过的谦卑

巷子深处，两户人家争斗厮打
狭窄是他们彼此揪住不放的头发

劝和的人群一个一个钻出巷口
就像一只只刚刚脱壳的虫蛹

2023年9月2日

溪流也有
羞怯之心

写下对这人间的深爱

——读龙鸣组诗《雨水渐有怜悯之心》

张德明

爱是人类非常重要的心理素质和情感素质，是社会正常运行和不断发展的精神纽带。哲学家培根说：“夫妻之爱，使人类繁衍；朋友之爱，使人类完善。”可见爱对于社会进步和人类前行所具有的重要价值。爱如此重要，它也因此成为了文学作品反复书写的对象和表达的目标，尤其在中国新诗中，反映爱的题材和主题的作品可谓浩如烟海，中国现代诗人对爱的理解与认知也显得极为丰富和深刻。近读龙鸣的组诗《雨水渐有怜悯之心》，也为诗行之中汩汩奔流的爱的泉流所感染。诗人饱蘸着情感的笔墨，写下了对这人间的深爱，种种真切而繁复的爱之情绪，都次第撩拨着读者的心弦，让人流连而沉思，动情而暖心。

爱是一个单音节词，但在这个单音节词的背后，却蕴含着无比丰富而复杂的精神内涵。千百年来，追寻爱的人类，因这个词语而滋生了各种各样的情感表达和心理形态。在诗人龙鸣那里，爱的书写与呈现也是异常多样的，在这丰富而多样的爱之表达里，我们能读到诗人对人间之爱所作理解的深切与真诚。爱，有时就是一种隐忍，正如《人形》一诗所述：“爱吃醋的女人她身体里／一直藏着一个第三者／她切一下菜，说‘贱’／她又切一下菜，说‘狐狸精’//她四处追打着。她投出手中的刀／房间里燃起了大火／她看见火光中的自己／慢慢幻化出一个人形//我没打算供出第三者／我接住迎面而来的刀锋。”妻子闹脾气是在表达对丈夫的深爱，而丈夫对妻子的深爱，是以一种隐忍来陈述的，这就是《人形》所折射的爱之深意。爱，有时是对亲人的忆念与悼惜：“因为一抔土，她赐我以夏天／因为夏天，我给树木以怀旧的／躯干／我将在土壤里种下有机肥／我将更多的水洒在缤纷的山冈。”（《茉莉姐姐》）更多时候，爱表现得矛盾、斑驳，混融着多种复杂的情感样态：“给老太烧香，作揖，下跪／喊她“外婆”／她睁眼，咳嗽，并坐起来／毫不顾及／一个孩子的恐惧与惊悸／她飘过来／冰凉的双手握住我／喊我的乳名。我惊叫着推开她／—这个梦中的异类//1954年，沔阳发大水／母亲一岁，老太抱养了她／1974年，父亲退伍在镇里／老太嫁出了她／六个孩子的母亲／贫穷与匮乏啃噬着她//我有惊恐，是一个孩子的惊恐／我有羞愧，是一个成人的羞愧。”（《给外祖母》）诧异、惊恐、羞愧，这是人在不同的年龄阶段拥有的不同心理反应，而这不同的心理反应里，其实都深藏着对于亲人之爱的精神素质。

此外，爱有时也能从自我嘲讽与自我戏谑中暗示出来，“我已举不起几根头发的重量／最后一根也将离开我的身体／像又一个夭折的孩子／光洁如瓢，裸露于人海／不去理会头皮上惊慌的虱子／我有过抓住小辫的隐痛／又有削发为僧的超脱／抱紧自己的头／像搂着坟地里捡来的一颗骷髅／看看堵满油脂的毛囊／如何驱赶头皮上每根黑发／如何免除一场十五岁的牙龈肿痛／还有终日纠缠不休的过敏性鼻炎／让自己彻底成为一个‘没脑子’的人／再也听不进谩骂、呵斥、唠叨／及甜言蜜语。还有告密者的阴谋。／空洞的目光看空洞的世界／直到一天，木然的表情下／露出一副白森森的獠牙／把自己吓出一身冷汗。”（《我有一颗一丝不挂的头》）诗人以自我调侃的语调，道出已谢顶的身体形态，在那些机智而幽默的话语中，我们能揣摩到诗人并不垂头丧气，而是能直面现实、深爱人间的成熟心态。

为了有效地表达自我对于爱的深切理解和幽微洞察，也为了将诗人所具有的爱的丰富潜能与强大素质更为形象地呈现出来，在美学修辞的策略选择上，诗人往往会采取幻像叙述的表达方式。所谓幻像叙述，是指诗人在现实的场景描画中，时常会插入一些幻觉性的、印象式的、梦境式的成分，从而使诗歌所述的生命图景显露出亦真亦幻、经验与超验叠加的精神状态来。以《落叶》一诗为例：“在西正街／雨点打在宝马车的车盖上／又落在一个人头发稀疏的头顶／脖子里／灌满忽热忽凉的雨水／骑旧自行车，在雨中狂奔的人／与落叶一同憔悴／他身体里的那辆宝马／在行人中开来开去／开宝马的人／在雨中追赶满街的落叶／开宝马的人，来不及躲闪／从树枝上坠落／奔驰的车轮／从他脊柱般的叶脉上轧过。”诗中描述了两种人：“骑旧自行车的人”和“开宝马的人”，两种人显然有着各自不同的经济条件和生活状态，但面对暴雨，他们都显出了相同的窘态：惊慌、忙乱、无所适从，等等。诗人先是用写实的笔法，交代了两个人遇到雨水的现实处境，接着又采用幻像叙述，分别呈现他们的慌乱与窘困之情，两种幻境既各自独立，又彼此对话，共同诉说了人类在面对灾情之时，会毫无二致地生出惊恐、慌乱、不由自主的心理症候。而诗人对灾难面前人类精神症候的形象写照，是为了表达内心的理解与同情，也是一种人间深爱的艺术折射。

再如《一只谈论黑白的猫》："两颗蓝灰色玻璃球／透视着海一样的幽深／身披黑白相间的毛发／它蹲在屋脊上，与头顶的月亮／更换白天与黑夜//一只矛盾的猫。一只哲学的猫／一只来回踩踏着神经／与焦躁的猫／面对悖论的老鼠，它快速逃离//在相互咬合的高楼间／我用四年喂养了一个伪命题／它右眼飘扬着白雪／左眼蓄满旷世的黑夜。"猫的生存境遇与人类的生存境遇之间，是有着惊人相似的意义关系的，面对黑白之道，猫所展示的精神分裂与情感悖论，也许正是人类的精神与情感状况的恰当喻示。在陈说猫在黑白之道上的存在情景时，诗人也多次启用幻象叙述的语言策略，如"它蹲在屋脊上，与头顶的月亮／更换白天与黑夜""一只来回踩踏着神经／与焦躁的猫""它右眼飘扬着白雪／左眼蓄满旷世的黑夜"，等等。诗人用富有智性的话语，写出了人类生存的悖论与生活的不易，那种关爱人类的强烈心理也是赫然可见的。对幻象叙述的恰当使用，使龙鸣的诗歌避免了简单直白的现实表现而凸显出现代主义的精神气质，同时也让诗人心间深藏的对于人间的挚爱得到了更具艺术力度和震撼强度的彰显和发散。

诗人对人间的深爱如此广博而炽烈，诗人对爱的书写也往往要借助更为多样的艺术技法来呈现，而在这众多的艺术技法之中，超现实主义技法是他运用得较为得心应手的一种。超现实主义诗歌往往讲究词语的超常规组合，追求现实、幻境、梦境的叠合与复加，以便向读者展示一种现实生活中并不能一眼所见，但在精神生活和心灵世界中常常可能会出现的场景和状态来。如《七月七日的大雨》："下在泥土上，只能开花／下在树杈上，只能凋谢／下在江河里，只能溃败／下在白纸上，只能记忆／下在枪口上，只能仇恨／……／万物各执一词／乱了方寸的雨／失去重心的雨／下在悬崖上／而失声恸哭的雨／只能下在眼窝里。"面对夏季来临时各地频繁出现的暴雨倾盆、洪水肆虐的人间惨景，诗人心中是充满着焦虑、急切和悲痛的，他以"下"这一动词为关键词，借助铺排的形式，状写出暴雨四处施暴、给人间带来危机和灾难的情形来。"下"与"泥土""树杈""江河""白纸""枪口"等物象的组接，显示了一种语言组合的暴力倾向，正是超现实主义艺术技法的自如使用。这种超现实的艺术表达，有效呈现了暴雨如注、洪水泛滥的现实情形，而诗人那种由爱而衍生出的揪心、牵挂、愁郁等情绪，也在字里行间流转。

（张德明，文学博士，岭南师范学院文学与传媒学院教授，南方诗歌研究中心主任，著名诗歌评论家。曾获2013年度"诗探索奖"理论奖、《星星》诗刊2014年度批评家奖、第五届"啄木鸟杯"年度优秀论文奖等奖项。）

超现实与非理性

——评龙鸣的诗

张德明

龙鸣的诗呈显出一种独特的诗意形态，一种别有趣味的艺术纹理，闪烁着“超现实”与“非理性”的精神亮光。阅读其诗，你很难将文字描画的内容与现实人生直接对接，而必须穿越意象与象征所笼罩的层层迷雾，去拆解和把握诗人对世界与人生的敏锐洞察和隐秘表述。换句话说，龙鸣的诗不是对生活现场的简单描摹，或许与当下崇尚日常生活书写的诗歌潮流并不一样，它是对生活更幽深的抵达，对世界更内在的凝视，是越过质朴生活话语之后而找寻到的更精致的诗性话语，因此对其加以读解和领悟，更需要时间和耐心，穿过文字迷障后目睹其诗意世界，或许比那些简单复现现实生活场景的作品更为精彩和丰富。

超现实主义作为一种新艺术运动，于一战后从法国诞生而迅速在欧美盛行。创立者是布勒东等人，追随者遍及欧美、非洲和日本。超现实主义有一个明确的理论导向，它认为，现实的表面并不足以反映现实本身，只有超于现实存在的“某种组织方式”才有可能抵达事物之本质。在这种理论支撑下，超现实主义创作往往不会停留于对现实的直接摹写与逼真呈现上，而是用一种近乎呓语和梦幻的形式来描画世界，重构现实。超现实主义理论很早就被引入中国，对中国文学尤其是中国新诗创作产生了重大影响，从二十世纪三四十年代的徐迟、路易士、辛笛到八十年代的朦胧诗人和第三代诗人，超现实主义对中国现代主义诗歌发展起到了极大的启迪与促进作用。当代诗人龙鸣可以说是较好地继承了中国新诗在现代主义表现上的超现实书写这一艺术传统，他的诗歌中的超现实精神气质是极为鲜明的和突出的。细致分析一下，可以发现龙鸣的诗歌有这样一些艺术特性：

其一，梦幻与现实熔铸而成的奇特诗境。西方超现实主义理论家认为，梦幻与现实这两个分属不同精神领域的东西在艺术中是可以交融在一起。“梦境与现实这两种状态似若互不相容，我却相信未来这两者必会融为一体，形成一种绝对的现实，即超现实。”龙鸣的不少诗歌，其实就可以看作梦与真相互融会而构建起来的“超现实”，是一种能给人带来视觉冲击和心灵振荡的奇特诗境。比如这首《人形》：

“爱吃醋的女人她身体里／一直藏着一个第三者／她切一下菜，说‘贱’／她又切一下菜，说“狐狸精”//她四处追打着。她投出手中的刀／房间里就燃起了大火／她看见火光中的自己／慢慢幻化出一个人形//我没有供出第三者／我接住迎面而来的刀锋。”所谓超现实，就是现实世界不可能出现而只有梦幻世界可能出现的情景，或者说是不符合物理世界的生成法则只能诉诸臆想与梦幻等非物理世界的存在逻辑从而创化出的新奇现实。在龙鸣的这首《人形》

中，有种种属于超现实的图景，如“她投出手中的刀／房间里就燃起了大火”“她看见火光中的自己／慢慢幻化出一个人形”“我没有供出第三者／我接住迎面而来的刀锋”，等等。刀子怎么能点燃大火呢？现实中不可能，但在诗意的言说中是可能的。火光中怎么会现出人形呢？现实世界不会有但梦想世界必定会有。人怎么能接住刀锋呢？按现实逻辑无法成立，按梦幻与现实融为一体的超现实逻辑则能成立。可以说，超现实主义艺术技法贯穿于《人形》这首诗的始终，此外如“朽木忽有被切割的快感／钉子忽有遇见锤子的快感”（《教育》），“只有细微的波浪可以哭泣”（《溃口》），“你的毛孔，一定有一个／着火点”（《燃烧》）等，都可以视为现实与梦境相互夹杂、互相熔铸而成的超现实情景，其艺术个性和诗意力量都是极为显著的。

其二，意象的超常规组合。意象是诗歌最基本的审美元素，是诗歌这部机器的主要零部件，不同的意象组合显示出不同的艺术旨趣，构建成不同的文学风景，而超常规的意象组合，常会拼接出一个让人匪夷所思的艺术境界，将人带入一种如梦似幻的奇异天地中，从而给人带来前所未有的精神触动。将具有不同功能的属性的诸般意象，用一种神奇的幻术而大胆捏合在一起，让它们彼此发生关系，撞击出新意，这可以说是超现实主义不可或缺的表达策略。超现实主义者认为，文学作品中“最强烈的形象便是主观随意度最高的那一种”，而且是一些潜意识引导下产生的纷乱的奇异的意象组合。选用不可思议的各色精妙意象来大胆组合，从而撞击生成一个神妙奇幻的诗意世界，或许正是龙鸣诗歌的一大突出特点，我们在上文所举的《人形》一诗中已充分感知，还可以在其他诗歌中进一步领略。例如《燃烧》一诗：

“你的毛孔，一定有一个／着火点／你嘴唇上的悬崖／一定有两根眩晕的舌头在／坠／落//夜色下的江面，弱水三千／如果燃烧／我将递给你第一朵波浪／如果裂开，我将取走你全部的伤口。”这首诗中的诸多意象，如“毛孔”“着火点”“嘴唇上的悬崖”“波浪”“伤口”等，彼此的功能与属性各不相同，相互之间的意义联系极为疏远，但诗人凭借超现实的思维逻辑，强行将这些意象扭结拼合在一起，让它们在同一个语言空间之中聚首进而彼此生发出关系，一种特别的意味也因这些意象的神奇聚合与相互摩擦而从诗行之中升腾而出，令人咀嚼不尽、回味无穷。事实上，将各具精彩和意义的意象有意识地组合在一起，来创生新奇的诗歌境界，凸显别样的情感态度和思想情怀，已然构成了龙鸣诗歌彰显自身个性的一个重要的诗学景观，从他的不少诗歌如《把强势的水龙头关住》《路祭》《一条逆流成河的船》等之中都可以明显窥见到。

其三，想象的无羁与非理性高扬。非理性思维与超现实主义是密切联系在一起的，甚至可以说，非理性是超现实主义中至关重要的思维方式和艺术表达逻辑。超现实主义相当重视想象尤其是非理性想象在诗歌表达中的作用，在他们眼里，想象的荒诞无稽、非理性的高扬正是诗歌创作必不可少的基本手段。他们意识到，想象越是无稽离谱，理性越是被大胆放逐，由此创造出的诗歌可能越有艺术价值。超现实主义代表诗人戴维·盖斯柯因《真实的意象》一诗写道：

“这就是一架飞机的意象／螺旋桨是几片火腿／翅膀是不断加料的猪油／尾巴是几只曲别针／驾驶员是一只马蜂。”这些语句无疑是诗人大胆发挥联想与想象、纵容非理性思维的结果。

超现实主义理论家格梅恩对此大为赞赏，并评论说：“作者的思维是处在理性完全失效的情况下流露出来的”，“面对诗中出乎意料的景观的压缩和各种意象的惊人的逼真，读者会发觉作者的意识充满了神奇感”。在龙鸣的诗歌表述中，我们能频繁地发现那种经由天马行空的想象而创造出的诗意境界，能鲜明感知到非理性思维在其诗歌表达中所扮演的关键角色、所承担的重要功能与作用。例如这首《路祭》：“一拨简陋的人走了。一拨简陋的镐头／倒向了那无人的坟岗／雪水，流到一个人的脚趾上//一条路，／有一条路的劫数。它活过来，就有一堆／石头倒下。一堆石头／倒下／就有一个消失了的人//沿路，抛洒着叮叮当当的敲打声／就像一群／白纸的魂魄，一个一个被喊出山外。”在诗歌的意义陈述中，有这样一些逻辑可以梳理出来，即为：路活过来——石头倒下，石头倒下——人消失，人消失——魂魄喊出山外。这样的逻辑线条，在现实世界是完全不具备因果性的，只有凭借没有羁绊的想象和非理性的思维才能得以成立。

诗歌是一种“无理而妙”的艺术，诗歌创作有时就必须“无理取闹”，从看似无理的言说之中开辟出别有洞天的精神世界来，这或许正是诗歌这一特定艺术形式的某种独门秘诀。在这一点上，龙鸣做得是比较成功的，可称得上深谙诗之屠龙术的优秀诗人。龙鸣的其他诗作如《把强势的水龙头关住》《渡》《掌上的河流》等，其中所彰显的非理性意识也是格外明显的。即便一些现实性相对突出的作品，如《父亲的枇杷树》《退进泥土的父亲》等，也并不以直观现实为长，仍然更多倚重想象和非理性，如“我的父亲，他不吝惜更多的裂缝／他不吝惜把更多的枇杷果／塞进体内”“这些年，父亲一直退／先是从岗位上退／然后从儿女们的长势中退／闹市也在孤独中退／一直退到凤凰山边缘”等。

2021年8月25日于南方诗歌研究中心

"在出发的地方寻找眼睛"

——龙鸣诗歌读记

张德明

诗人张枣的名诗《镜中》有一耐人寻味的诗句："让她坐在镜中常坐的地方。"这句话有多重意味，尤其是其中折射出的人与镜相互观照的双重视角，使诗句漫溢出复杂的情绪，凸显饱满的诗性张力，丰富了整首诗的意义结构和精神内涵。我想说的是，近读龙鸣的诗作，我也惊喜地发现了诗人在诗歌文本中设置的观照宇宙人生的双重视角，与张枣《镜中》的名句有极度相似之处。这种双重视角的设计，在龙鸣的创作中还较为普遍，其诗歌的立体感和丰富性也由此而出。

"在出发的地方寻找眼睛"，这句诗出现在龙鸣的近作《路从我眼睛里延伸》的最后一行。原诗为："路，从我眼睛里延伸而去／可我看不清它的尽头／雾呵雾呵／只给我两盏车灯／灯光迷离，落魄／它们还将在虚妄里熄灭／我为此感到困惑／低沉的暮色下／有人原路返回／在出发的地方寻找眼睛。"这首诗的标题本身就是富有意味的，路从眼睛中延伸出来，抒情主体视线的方向，自然构成了道路展开的线索与可能性，这是一层意思；与此同时，外在世界的道路牵引着“我”的目光，从道路铺展的轨迹中，又能清晰地反观到抒情主体目光远眺的路向与方位。在这两层意思里，前者是以我观物，“故万物皆著我之色”（王国维《人间词话》），后者是以物观我，人的视线也因此成为了道路的一种形态、一个有机组成部分。“以我观物”“以物观我”由此构建起了诗人观察世界和想象人生的基本图示，从内观外与从外观内这两重视角，巧妙并置于诗人观照与审视宇宙人生的“眼睛”之中，从而形成诗人艺术创造中富有个性特征的审美策略。

在这首诗里，“路”的意象集聚着理想、远方、前行等多重内蕴，而“眼睛”则是洞察、期待、审视的身体符码，诗人言述眼睛看不清道路的尽头，由此感到困惑和犹疑，意思是，用于洞察、期待和审视的主体身体符码，无力指引诗人朝着正确无误、清晰可见的理想和远方前行，诗人困惑与焦虑的情绪由此次第潮生。这就有了诗歌最后的交代：“有人原路返回／在出发的地方寻找眼睛。”重新回到人生的起点，重新唤醒主体用于洞察、期待和审视的身体符码，或许是失意之后再次踏上理想远方之路的慎重选择。

这样一来，“在出发的地方寻找眼睛”一句就显示出颇耐咀嚼的深意。“寻找眼睛”，既是“眼睛”在寻找“眼睛”，又是“道路”在辨认“道路”，更是眼睛与道路的相互找寻，这一别具特色的诗句，显示出意义的复调，颇有点“庄周梦蝶”的味道。可以说，整首诗就是在“以我观物”与“以物观我”的双重观照视野中构建起来的，在诗中，

“道路”与“眼睛”的相互指涉、互文见义，涂抹出诗歌令人回味的意义景深，给读者创设了富有弹性的审美阅读空间。

作家雨果认为，优秀的诗人都有两只眼睛，“诗人的两只眼睛，其一注视人类，其一注视大自然。他的前一只眼叫做观察，后一只眼称为想象”。这告诉我们，诗歌创作主要有两个基本来源：一个是来自观察，另一个是来自想象。而诗人的观察和想象，都与他的眼睛有关。用于观察的是那双明亮的肉眼，它认识世界，辨别美丑，看清方向；用于想象的是那双镶嵌于心灵深处的“眼睛”，它可以“思接千载，心游万仞”（《文心雕龙·深思》），可以“上下与天地同流”（《孟子·尽心上》），总之能在现实物质世界之外，另建一个迷幻、美妙的精神世界。而不管是对物质世界的观察，还是对精神世界的想象，都与眼睛有关，都与眼睛的注视方向有关。在此基础上，由内向外的注视与由外向内的注视，既是人类观察和思考世界的基本路向，又构成了优秀诗人进行诗意世界建构时有意无意中选择的审视视角和表达策略。

诗歌中的所谓“以我观物”，就是以抒情主体为观照发出点，用“我”的思想和情绪去观望、审视、考量外在事物，从而让外在世界和外在事物都打上主体深刻的精神烙印。龙鸣的短诗《一条江豚》这样写道：“搁浅后。孤寂扭动了一下／尾巴。我看得很清楚／看清楚了，一粒砂子／幽冷的悲伤／我们交换呼吸的／样子，像江水宽广的背鳍//孤独吐出了孤独／忧伤放下了忧伤／我们同时／把绝望当成了一支桨／把泪水当成了一片海。”诗歌生成的意蕴、涌荡的情绪，正是“以我观物”造成的结果。面对一条搁浅的江豚，诗人将主体的情绪与思想投射到它身上，因此看到它本能地扭动，便感觉“孤寂扭动了一下／尾巴”，看到了它孤立无助、百般无奈的情形，便生出“孤独吐出了孤独／忧伤放下了忧伤”的深长感慨，并进一步与之感同身受：“我们同时／把绝望当成了一支桨／把泪水当成了一片海”。由于“以我观物”，被观望的对象——江豚，它的一举一动，它的处境和归宿，无不带上了观照主体强烈的个人化色调。诗歌的人文性精神指标，也借此彰显出来。

诗歌中的所谓“以物观我”，就是从事物的观照角度，对人类进行审视和描画，从而在一个特定的角度，将人类的生存处境和精神格局加以艺术揭示。龙鸣的《枝和叶的问答》一诗耐人品嚼，全诗为：“你还是讲不明白，一片叶子上／黄如何驱赶绿／你总是塞给我一些新鲜的树叶／而我，只想得到枯萎／我可以亲眼看一看／生如何穿越死／叶脉如何蹚过我掌上的河流／你还在纠结一些旧居啊，祖先们／留下的家什啊！／这没什么。我只在乎／深刻的皱纹，厚重的老茧／及瓦檐上滴滴答答的风雨。”诗歌表面看来是写树枝与树叶的相互问答，其实是借枝叶的问答来观照人类的存在和命运。在诗中，枝叶的“黄驱赶绿”与人类的“生穿越死”、枝叶经历的自然之风雨与人类生命中的风和雨之间，有着巧妙的暗合乃至同构关系，这样一来，枝叶的存在就如同人类的存在，枝叶的命运也如同人类的命运，用枝叶的生存情态来观照人类的存在状态，也就显得合情又合理。可以说，《枝和叶的问答》一诗充分展示了诗人从“以物观我”的视角来描绘外在世界、审视人类自身的艺术处理能力，诗歌因此体现出现实的质感，同时又凸显出精神的高度。

话说回来，在诗歌表达中，不管是“以我观物”，还是“以物观我”，“我”和“物”二者其实都应该保持着各自的独特性、个性化和完整性，它们不能因为外来的凝视与观望，而导致不必要的扭曲、变态甚而异化。与此同时，当物我相互观照时，二者在各自保有的独立精神品质之外，还将携带上他者的情绪和经验。这种“携带”不是对原有精神品质的削减、挤压乃至扼杀，而是对原有生命情态的丰富和强化。只有懂得这样的诗学规律，“以我观物”和“以物观我”的观照视角才能充分发挥其诗学功能，才能将诗人对宇宙人生的深刻理解与独特发现精彩地彰显出来。

很多时候，在诗歌表达中，“以我观物”与“以物观我”并不能截然两分，二者常常纠缠在一起，从而构成一种物我对视、相互观照的复式意义结构。龙鸣的《壁虎》一诗便是这种复式结构的典型例子。诗歌写道：“灯光还在抓挠着窗玻璃／脚趾怀有夜色一样的沉稳／我们对视。把呼吸压进喉咙／彼此递过去的鼓励／透明　坚挺∥需要一只蚊子或飞蛾／降低人间的饥饿与战栗／需要一盏孤灯／消除它背上的长夜∥它的狠，剧烈，无助／它的尾巴，脆弱，痉挛。”显而易见，诗歌中出现了“对视”一词，这确切表明，我在观望壁虎之时，壁虎也在观望我，我对壁虎的感觉，也许正是壁虎对我的感觉，这就是诗歌中言述的“我们对视。把呼吸压进喉咙／彼此递过去的鼓励／透明　坚挺”，二者兼具的情绪色调。而诗歌最后两节对壁虎外在情态与内在精神状态的描摹，既是指向壁虎的，某种程度上也是抒情主体的自我指涉，也可以说是壁虎对“我”的主观臆度。物我对视、相互观照的复式意义结构，使整首诗充满了张力感，诗美效果格外显明。

实际上，“在出发的地方寻找眼睛”，这样的寻找并不是对原有前行的全部放弃，而是对曾经的探寻进行反刍之后的再度出发，是一种朝向理想和远方的螺旋式上升。我期待，已经找到了属于自己的诗歌路径的诗人龙鸣，能不断超越自我，继续前行，在诗歌创作上取得更大的成绩和突破。

2019年5月3日，于南方诗歌研究中心

意味与清澈

——龙鸣诗歌赏读

宫白云

读诗人龙鸣的诗，每每让我有惊艳之感，他太会以此述彼了，几乎每首诗都有令人过目难忘的诗句，如："好酒易燃，你需要一条河的哭声"（《好酒易燃》）；"在水与打火机之间，我拒绝了／一种冷却／必然选择另外一种冷却"（《纸》）；"锈蚀的／水龙头／期盼着远道而来的水流"（《偏门》）；"星星那么多，这相互拥抱着的孤独"（《独弦琴》）："一个人的枯萎，／就是一堆落叶的枯萎"（《我接受落叶集体沉默》）……

龙鸣的诗歌的难能之处在于总是散发着一种成熟和轻松，通俗的日常在他的笔下被点化为神奇。从他的诗歌中不难发现：这是一个深深热爱生活的人，人生的苦辣酸甜牵动着诗人尤为敏感的心，他诗歌中承载情感的思考方式很独特，巧妙的隐喻会让人眼睛一亮。

如《爱上樱桃》中的"爱，多么鲜嫩，像婴儿拽紧的手／轻轻松开果盘／像樱桃，完成酸甜而透彻的一生"，以巧妙的比喻隐喻了爱对生命始终的贯穿，不由自主地便把樱桃的酸甜滋味同生命中的爱联系一起，为俗世生活添加了爱的色彩。

我还发现龙鸣很善于写各种关于爱的诗篇，当诗人在《彼岸花》中反复追问："有没有一种花／选择在自己的名字上绽放？／有没有一种花／选择一簇孤绝的火焰？／并和自己的叶，永不相见？"其实这样的问已经是答案了，他是要让读者在如此的追问中去领会那种"是的"绝望滋味，这种"事实"是诗人的想象所演绎出来的超验真实，表现了爱而不得的孤独主题。这种悲剧感总是不经意地深藏在他的诗歌之中，如《找水记》中"一个人的替代那么有限／迟迟等不来上天的垂怜"；《在墨池边》中，我们看到了"有人在墙内化蛹成蝶。有人在墙外引颈就戮／一滴纯粹的墨，即便泼洒到纸的边缘／它也要拼死写出真理的／核心部分"，其中暗藏的机锋反具有黑夜里灯盏的力量。

《活土》中那些一环套一环的喻象，其强烈的抒怀甚至是拯救式的："荒草，是泥土的最后一场葬礼//寸草退尽。土埋起土丘／要是没什么可埋了／土就埋自己。"在树与土的合成中交织着持存与荒芜，就像日常生活对生命的洗礼。

诗人龙鸣的诗歌有种难以描述的音调，而且他的诗歌语言富有一种捉摸不定的魔力，他能够不动声色地引领阅读者到达一种由他设置的臆想状态，他洞悉的不仅仅是词语根性的秘密，更是世态人心。意味与清澈感仿佛在他的语言之中由来已久。就像《一辆摩拜车》中，"只要一个浑身倦怠的人／扫开它身体的二维码／它仍会啪的一声／为他打开那只锈迹斑斑的锁”。你看，诗歌的力量，就是比事物自身的含义更加深邃。

2024年1月6日

［宫白云，辽宁丹东人，著名诗人、诗评家。获2013《诗选刊》中国年度先锋诗歌奖、第四届中国当代诗歌奖（2015—2016）批评奖等奖项］

诗歌，通过灵魂进入另一种现实

——简评龙鸣的诗歌

沙 马

龙鸣的诗歌具有表达的自觉性，具有语言的自觉性，具有对事物的理解与感知，通过对灵魂的深入，在诗歌中进入另一个现实。

龙鸣的诗歌努力在诗歌的意象里注入更多的内涵来丰富其表现力。他的语言直接、简练、内敛、富有哲理，浸透着自己对世界存在之物的体会，从而使诗歌富有张力，这张力来自于诗歌的弦外之音。如他的诗歌《组合》：“一块抱有锋芒的铁／会找一根温和的木头示好／组合成某种联盟，或一把槌子／敲它该敲的柔软／也敲它不该敲的坚硬//更多时候，金还是改变不了／克木的本性。一座森林／在剧痛中坍塌／锯齿驱赶肢解的木头／一阵木质的碎雪，掩盖了／地上刚踩下的趾痕//与槌子结盟的人／一遍一遍敲打自己／直到敲击声越来越刺耳／直到楔进淤泥深处／直到人与槌子互相出卖。”

可以说，这是一首较为成功的诗歌。一块锋芒的铁会找一根温和的木头示好，然后组合成某种联盟，这古老的工具在诗歌里获得了新意。锋利的铁与木头可以是敌对双方，也可以成为盟友，但“更多时候，金还是改变不了／克木的本性。一座森林／在剧痛中坍塌”，整首诗歌具有寓言的性质，这寓言中含着冷酷的、悲剧性的含义。诗人善于抛开现象，抓住事物的特征，不断地挖掘，不断地深入，直到露出其本质，然后再在这“本质”里制造“事件”，在这个事件里揭示出其中的矛盾与冲突，并从中影射出词语与事物、人与现实、内在与外在、坚硬与柔软的矛盾与冲突，并在不断加剧中出现了嘶叫与分裂。因诗歌里出现了内在的对抗，给读者带来某种“紧张”的感受而获得阅读的效果。

再看：“一座森林／在剧痛中坍塌／锯齿驱赶肢解的木头／一阵木质的碎雪，掩盖了／地上刚踩下的趾痕。”诗歌中出现了剧痛、坍塌、驱赶、肢解、呻吟等，构成一幅触目惊心的现场：只有破坏，没有建设；只有混乱，没有秩序；只有死亡，没有新生。隐含着诗人自身对世界的深刻理解。这首诗的本体就是一种象征，一种隐喻，从而出现较大的揭示性。那个与锤子结盟的人，一遍一遍敲打自己，直到人与槌子互相出卖。从这里可以看出“结盟”不过是为了彼此一时的利益而已，体现出现实社会中人的本性。这首诗饱满、厚实，有容量、有寓意、有思想，具有一定的冲击力。

在阅读龙鸣的诗歌时，我感受到他注重诗歌的构思，注重词语的分布，注重事物内在的关系，注重灵魂的在场。他善于在一首诗中将要表达的意思最大化，且注入新意，这是他诗歌写作中可贵的品性。他的诗歌需要细读，细细地品尝，才会越读越有味，最终获得不一样的感受。从这首诗里可以看出他是一个可以将某个“物象”写到极致的诗人。比如《一块冰》：“捧着一块硕大的冰／抓得过紧，它会伸出／一双与我一模一样的手／僵硬地握住我／我把它从左手换到右手／又从右手换到左手／如果把它抱在胸前／我会失去知觉／只剩一颗凉透的心//为了等来一把拯救的火／我需要终生捧着它／从左手换到右手／从右手换到左手／我怕一失手／它会摔成满地细碎的冷笑。”

这块冰，你可以理解为人的困境，人的艰难时世，人的内心挣扎，人的世态炎凉，人的某种命运等对存在中的人的纠缠与毁坏。“又从右手换到左手／如果把它抱在胸前／我会失去知觉／只剩一颗凉透的心。”此刻，诗人已经将这个主题写到了绝望般的极致，写到撼人心魄的境界，这种写作中的一股狠劲是难能可贵的，有一种置之死地而后生的寓意。为了新生必须经受一场漫长“炼狱”的淬炼。“为了等来一把拯救的火／我需要终生捧着它。”坦率地说，读到这儿，我被打动了，被深深地打动了。诗句体现出人与命运的某种不可知的关系，或者说某种不可抗拒的“宿命”力量。为了一次拯救，却需要终生的等待，仿佛在等待着永远也不会出现的“戈多”。这种等待是漫长的、忐忑的、恐惧的，痛苦的。“我怕一失手／它会摔成满地细碎的冷笑。”结尾两句将整首诗意推向一个高度，呈现出人的存在与灵魂的挣扎。一个绝望的人在等待一丝微弱的希望时，也许会面临同类人的冷笑，而这“冷笑”使我想起鲁迅作品中揭示出的民族劣根性，正是这“冷笑”常常毁灭掉一个人的希望。在这首诗里，可以说诗人的思考是深刻的，寓意是新颖的，表达是到位的。这样的文本才能给人留下难忘的印象。龙鸣的诗歌，往往还关注卑微人物的命运，关注细节中的力量，关注灵魂的处境等，通过叙述加剧事物内在空间的运动感，而运动感是诗歌的生命力所在。

综上所述，龙鸣的诗歌具有一定的辨识度，有着自己的个人特色，他诗歌的力量来自于他将焦点放在人与命运的关系上，人在存在中的窘境以及对灵魂的显现，并且不断挖掘出新的内涵、新的寓意、新的表现手法。自然而深刻，凝练而直接，曲径通幽，具有艺术感染力，而艺术的力量来自于“形象大于思维”。

（沙马，安徽安庆人，诗人，兼写评论）

语词中绽放的魅火

——龙鸣诗歌评论集锦

易　飞

龙鸣的创作，已经引起了一些评论家和诗人的重视，并且在某种意义上，获得了认同和共识。著名诗人张二棍先生能够关注龙鸣的写作，并对文本进行具体的分析和肯定，可以看出龙鸣的创作产生的影响。张二棍对《路祭》较为欣赏，其“深切地感受到他对生命的彻悟与洞察”。张二棍指出：“龙鸣用杀人诛心的句子，却表达出救死扶伤、起死回生的仁义。”

作为一位优秀诗人，龙鸣历经尘世风雨，早已懂得生命之无常与无形。“在他的写作中，既有卑微的一面，也有豁达的一面，既有他的内秀，也有他的野心。”二棍先生对龙鸣的总体评价，我非常认同，从我和龙鸣不多的交往中，也时时感到他的灵异与冲击。

评论家张德明先生认为，龙鸣的诗歌将“以物观我”和“经我观物”纠缠在一起，形成文本的张力，构成“物我对视、相互观照”的复式意义结构。龙鸣的《壁虎》便是这种复式结构的典型例子。“灯光还在抓挠着窗玻璃／脚趾怀有夜色一样的沉稳／我们对视。把呼吸压进喉咙／彼此递过去的鼓励／透明　坚挺//需要一只蚊子或飞蛾／降低人间的饥饿与战栗／需要一盏孤灯／消除它背上的长夜//它的狠，剧烈，无助／它的尾巴，脆弱，痉挛。”张德明先生分析精准，龙鸣的这首诗也让我想起了著名诗人胡弦的另一首诗《琥珀里的昆虫》，两者均体现“我在此亦在彼”（胡弦《钟表之歌》诗中句）的思想底色，当有异曲同工之妙。

其他诗人的点评与分析，也都有自己独到的见解，不一一提到。对于诗人龙鸣，我关注他的诗较多，也想借此机会谈点感受。

我没有问过龙鸣，但可以确认，以我近年的广泛阅读，龙鸣一定是一个学习能力很强的人，因为我从他的诗中，感受到了很多著名诗人作品给我的那种感觉——我以为这是一个习诗者或好诗人应有的谦卑和敬畏之态。

美国著名诗人奥利弗认为，只有通过广泛地、反复地学习，掌握了坚实的基本技巧，才能产生一些微小却又非比寻常的差异——“正是这些差异，让你成为你自己而非其他人”。我得承认，龙鸣通过大量的学习和写作的磨练，已经从深入的学习中抽离出来，写出了属于自己的诗，这才是我想说的。

韩东先生认为，在诗歌中，语言的弯曲由一定的质量引起。但我们经常看见试图摆脱质量或重力的诗歌（直白乏味），或者故作弯曲的怪异（缺乏重力或质量弯曲的只是语言的铁丝，而非语言之光）。“只有一边是激流，一边是卵石，让它们交会才有浪沫飞溅。”

我以为，龙鸣基本上找到了属于自己的现代汉语诗歌词语弯曲的形式和力度——这个太难了，几乎所有的诗人都在找，我也是其中一员。许多人找不到、找不准，或掌控力不够，或高了或低了，或重了或轻了，或大了或小了——因为其是现代汉语诗歌的命脉。所谓诗到语言为止，所谓陌生化，所谓诗性，都是通过语言来完成的。解决了语言的问题，几乎就解决了现代汉语诗歌写作的问题。

显然，龙鸣是有语言天赋的，也许有人认为这样的结论下得比较轻率，但你细读一下龙鸣的文本，也许会认可我的观点的。

2022年5月15日

（易飞，高级记者，作家，诗人）

直立，在传统与现代之间

——读龙鸣的诗

鲜　例

在诗歌的秘密花园里，当一位潜在诗人发现影响的修正比，让他感到身处既是外在的也是内在的时候，他便开始了一个发展过程。

龙鸣的诗，在语言表现上，以经常的节制、惯有的蕴藉和简洁，把现实的事物或传统意象编织进用现代情感思维的词语之中，不撕裂与异化自己的观察和体验，在情感的链条上传导整体的隐喻，但不以叙述的细微强化那些琐碎的其实明白无误的所谓认知，还有常识。他不遮蔽诗意的指向，语言亲切，不以阻滞的傲慢企图复杂诗的结构，能有效地将读者代入诗性的场域。

《渡》——让船作为一个载体，一个舞台。各不相同意愿的人生片段在此上演，这“片断”选择、剪辑得精当，样式有别，聚散的是不同的际遇和目的，可船一旦靠岸就行将结束一段旅程，船作为捷径以移动的方式连接起道路，它终会停止，人生不可重演。而自然依然不改变它的“幽深”与“梦想”，由此，给读者留下了沉思。

《一生总要长些水草》——水草是溪流的伴生物，它构成溪流的一部分，它可以使流水慢下来，暗中清理潴留水里的杂质——泥沙，用羞怯比喻弯曲的溪流，那是人心的敬畏。被水草纠缠，好比是人生被烦恼扰动，又不得不承受，也许，就是这伴随的水草般的“杂乱”，使溪流的上游和下游如同人生的不同阶段有了区别。然而，“泥沙是一条溪流的误差”，“我的清澈，不再原谅我的混沌”，让人疑问和费解，泥沙带来的是“落差”，清澈才该原谅曾经的混沌，为什么说“不”，也许诗不能如此解析，就像水草在溪流里生长，最清楚水是怎样地从它身上流过。

《家风》——一首诗不是在说明什么，而是一种存在。乡村不再是过去的乡村，那些曾经美好的传统，消失得只剩下一根木棍在内心敲打，如果有一片失散的羽毛飞奔在田野上，那又怎样？村庄必须有一间老房子，有一扇可以打开的门，那把钥匙还能找到，而今守门的母亲却总是将自己的孩子赶向远方。此诗，将鸟雀、羽毛、田埂、村庄、母亲和孩子连动在伤感的情绪之链上，家风遗散如鸟身上的羽毛越来越少，新的风尚似乎是：不让孩子老死在乡下。据此，我们可以联想些什么？

《偶遇制陶人》——制陶人随着拉坯的飞轮旋转，在塑造器物的同时，其实也在塑造自己，时光在指尖流逝，浑身的细纹如同窑变留下的纹理。万物皆平等，制陶人却不肯成为人形的陶器，老子在《道德经》中说：“天地不仁，以万物为刍狗。”天地没有私心，它遵循客观规律，那就是以一种正且大的胸怀来对待世间万物，必须执着，但又不能执着于唯一，应执着于万物原始的那种道，一切顺其自然发展，既使人也不应有特权。

如何去理解一首诗，有时是艰难的。龙鸣的诗，常试图从传统的、故乡的景物人事截取其中的经典片段，置于现代的语境里，呈现出让人联想、探询的人生课题，用别样的巧思，去“校正”以往诗人留下存有遗憾的同类诗篇。他知道诗的影响，并不是指把观念和意象传递给读者，也并非诗所独有的。哈罗德·布鲁姆说：一个诗人的斯芬克司之谜不仅仅是一个“初始情景”的迷，它更是一个关于想象力之优先权的迷，诗人仅仅解出这个谜是不够的，他还必须使他自己（以及理想化的读者）相信：没有他的介入，这个谜是无法编出来的。

现在，我们可以分明地看到龙鸣作为一个诗人直立，在传统和现代之间寻寻觅觅，期待他不断地编写出奇特的诗的语言代码。

2022年3月16日

（鲜例，武汉人，诗人，兼写评论）

短评

DUAN PING

龙鸣的诗是子弹，也是蝴蝶。前者是说他诗里的情感和思想在向内凝聚，成为一种力量并洞穿心灵；后者是说他的诗性美在向外，向上蹁跹，不仅让人陶醉，也惊愕和拓宽了人的心智。所以他的诗是轻与重的平衡，是劲健与超逸的统一。让人在邃美中去认识生命破碎的真相，又让人的悲慨之情被诗的飘逸稀释并美化。

（李犁，辽宁丹东人，现居北京， 著名诗人、诗评家）

龙鸣的诗，峭拔、孤寂、沉雄。他以人生和岁月参与所要呈现的事物，向其投射了同情、体恤和爱，由此形成亲密的关联。灰烬、泥土与人生归宿，一条路与我们身处不同阶段的抉择与行动，掌纹、手指和它们代表的血脉与现实河流，互相指涉和影响，从单纯的“以一喻一”升级为“你中有我，我中有你”的共同体。摒弃小技巧、小感觉，将自己探入客观之“物”，在深深凝视中融进和沉浸，龙鸣找准了自己的道路。

（杨章池，湖北荆州人，诗人）

龙鸣的《活土》这首诗，选取了一个很不错的观察角度与比喻：泥土因树而有生命。从这个角度，读者尽可以放大去想，可以想到爱情的功用，甚至可以想到国家与人民。当然泥土是国家，树是人民。广大、浩瀚、壮阔，这些都是空的，关键是树，是树活得好不好；又如龙鸣的《拴马石》，贴切地用到了“马”这个意象。由拴马石而联想到马，又由马联想到时间的易逝，水到渠成，比如白驹过隙即是也，写出时间与岁月的有限性，宝贵性及沧桑感；龙鸣的诗歌想象奇崛，天马行空又往往贴切精准，令人叫好。又如《一辆摩拜车》，对一辆抛弃在路边的普通的摩拜车居然也能写出神来之笔，居然也被诗人写出了世间事物的悲悯与和解。被抛弃是多么无奈之举，然而不卑怯，不沉沦，依然笑对生活与现实，这是多么豁达又多么智慧啊！

（黄亚洲，原中国作协副主席，浙江省作协主席。著名作家、诗人）

后记

HOU JI

发现与突破

很长时间以来，我的生活与学习都在湘北、鄂南一带。这里处于长江中下游江汉平原与幕阜山脉丘陵地带的结合处，既有江流渺渺，湖港潺湲；又有群山连绵，丘壑纵横。《诗经》描写这里：“南有樛木，甘瓠累之。君子有酒，嘉宾式宴绥之。”相传三国时期孙权有诗云：“蒲草千里，圻上故垒，莼蒲五月，川谷对鸣。”更有孟浩然的“八月湖水平，涵虚混太清”。这里是盛产诗的地方，在这诗乡里游走，灵魂得以诗意栖居。

生于斯长于斯，有意无形中受到诗的浸染。我曾尝试过写古体诗，受格律的羁绊，转而到新自由体诗里找寻空间。慢慢我发现，写诗就是找诗，一首诗原本就已经存在，只不过它深藏在灵魂里，需要我们一本正经地到山水中去找寻，在原汁原味的生活中去感悟，要披着满身的虔诚，怀揣一颗真挚的心，释放灵魂的每一扇窗口，调动情感的每一根神经，打开额头的第三只诗眼。结果我发现，一首诗就在生活当中，蛰伏在暗处，我要攀上高山密林双手抱住它，潜入江河的湍流下一把抓紧它，回溯到过去的记忆里抠出它！在乡镇升起的朝霞里，在生活忙碌的影子里，在婴儿的啼哭里，在父亲的菜园里，在乡下老屋的石头里，在回忆的切片上……拦下它，裹住它，揪紧它！当我抓紧它的尾巴的时候，当它从我的笔尖滑落的一刻，仿佛灵魂裂开一道口子，闪烁出耀眼的光芒！又仿佛睡梦中突然接受到一道神谕，让我惊醒过来！

法国著名诗人皮埃尔·勒韦尔迪在他的《关于诗的思考》中也是这样理解的："诗存在于我们正在寻求的东西中。诗存在于我们身上，但不受我们现在这样的人的支配，而是受我们想要成为的那种人的支配。诗存在于我们想要去的地方，但是现在我们还不在那儿。"

于是，为了成为一个能够支配诗歌的人，为了能够到达自己想要到达的地方，找到诗歌真相，我像逐日的夸父，朝着心中的太阳没日没夜地跋涉、奔跑；又像西西弗斯，每天重复推滚同一块石头。太阳是夸父理想中的诗，推石头的过程则是西西弗斯的诗。我就是追日的夸父，我就是推石头的西西弗斯。

我工作的区域有临江江堤百余里，我常在一整天的忙碌过后，披着一身的尘埃与倦怠，久久地独坐江边的洲渚上，这时天边落日西沉，江岸芳草萋萋，眼前江流婉转，一个人忽而坐，忽而随意慢走，与江水对视，与沙鸥对视，久久地思索这天和地，陡生感慨。这不是诗吗？于是就写下《那个人在江边走了很远》。而季节很快更替，蓑草枯黄，江风飒飒，徘徊在阴冷的江畔，看江面上雾聚雾散，听往来船只汽笛长鸣。倏尔，雾散尽，江流汹涌，浪沙翻滚，逆流而上的船只奋力前爬，劈浪破沙，顺流而下的船只顺风顺水。逆流而上与顺流而下犹如人与人之不同生命遭际，于是灵光闪现，写下《一条逆流成河的船》。行走在临江的一个村子里，由于蔬菜滞销，洋葱地里一片凋敝。老乡切洋葱时，被辣味呛出眼泪，当时，我唉呀暗叫一声，内心一阵悸动，我要抓住它，写下了《失落》的草稿。当然这是几年前的事，如今精准扶贫，这里的蔬菜再不愁销，菜农双眼流出的不再是忧郁的泪，而是喜悦的生活。其实，原本这些诗就隐身在那里，有诗意的人才能发现它们，并将其呈现。

高明的诗人更懂得如何让这些诗华丽绽放，他们是能够完全支配那些诗歌的人。他们不费太多精力就能抵达诗歌存在的地方。我非高明的诗写者，但每每抵达一首诗歌的源头，是诚挚的、惊喜的、敬畏的，因为它们洗涤我的灵魂，它们等同于我的精神世界。真诚的人找到真诚的诗，清爽明快的内心装的是积极的正能量，而品行低下的人只能写出淫俗的低级趣味的文字。我力求让自己笔端留下真诚的文字、干净的灵魂，让每一首作品都给自己及世人以心灵的悸动和震颤！我仿佛于冥冥之中与每一首诗歌有个千年之约，在某个黄昏的云朵里或某个黎明的露珠上，它就在那儿等着我，迎候着我，并朝我微笑，如果因为冷漠、麻木、呆滞而与它们擦肩而过，将是一个诗人最大的遗憾！

不管尘世如何喧哗，不论欲望和名利如何聒噪，诗人最终是要依托文本呈现的。于我而言，以后要做的，不仅要找出一首诗，而且要找出一首更好的诗，力求呈现出更好的文本。这需要一种能力，一种感悟生活的能力，一种洞察世事的能力，一种较强的阅读能力，一种对于当前新诗语境的掌控能力，一种将人心与灵魂从红尘世事中剥离出来的能力，等等。

寻找灵魂的悸动，需要生活阅历和人生经验，而找出一首更好的诗，则是实现灵魂的突围。在现实困境中不断寻求突破，对于一个诗学写作者而言，最初就是这样一步一步跋涉，奋力拨开雾霾，抵近诗歌真相，这是一个有担当、有方向的诗人的终极目标。

而要实现这个目标，就要一步步突破自己。这一切需要心智，更需要天赋异禀。鲁迅文学奖获得者、诗人张执浩在他的一些诗评中直言不讳地反复讲道："写得好的终究会脱颖而出，写不好的再怎么闹腾也不管用。"这句话的核心意思就是："只要你足够优秀，写作特点足够鲜明，你就有机会被人赏识，即便你的文字没有机会发表、出版，但你的作品总有见天日之时。"反之，一大批在文学这条独木桥上折腾与挣扎的群体性写作者，最终只能自生自灭，难逃被文字海洋淹没的命运。

那么，这条自我突围的路径在哪里？"生活阅历和人生经验，前者需要你用肉身去穿越，后者需要你具有一只强大的胃，去吸纳，去消化，然后从中提炼出你对生活的态度和审美眼光。"（张执浩）如何归类吸纳、如何总结消化？张执浩认为："让语言摆脱僵化与匠气，让沉默的字词发出声响，制造出画面感来；让笔下的声音和画面令人耳目一新，充分唤醒我们记忆深处的某些生活片段，并藉此获得心灵的愉悦感。”

先说生活经验。如《晃来晃去的眼珠》：“一个不是轻易可以动摇的人／却不能左右自己的眼睛／在一张脸上做相同的动作//晃来晃去的眼珠／多像一对孪生兄弟／舔舐同一本书／占据同一张女人的脸／佩戴玻璃柜里同一条项链//它们怒目圆睁，却从不彼此仇恨／它们有着相同的悲伤／却各流各的泪水。”从肢体部分提炼出生活感悟，进行诗意呈现，这是一种生活经验上的突破，先论述、再描写、再论述的言说结构，由物及人，借助拟人的手法，呈现出的内涵是多维度的，可哲学、可伦理，还可以是一种难以言说的人与人之间的生存际遇，给人一种阅读上的愉悦感。后来我在一次偶然的阅读中发现，居然有一位年轻的知名诗人也用过这个意象，这并没有让我沮丧，反觉欣喜。不管是谁先创造了这个意象，起码说明自己具备了从平凡生活中攫取生活经验的能力。

再说现场感。如《对望》：“与对面高楼上的女人对望／每天在同一时间同一位置／他望着她／是为了让她能望着他／他们共同拥有一条深渊／两个对望的人／再也不敢走近对方一步／两个对望的人／都怕对方粉身碎骨／两个对望的人／关掉灯，各自离开阳台……”在这种高楼林立的现代生活环境中，两个生活悠闲自在却毫不相干的男女，隔楼相望，彼此打量，相互欣赏，最后发展到不约而同地相互揣度，如果他们已婚，便囿于现实礼教；如果未婚，又慑于家庭、性格及其他诸多未知阻力，最终无法逾越对面的高楼，近在眼前却如远在天边。如《洛神赋》中的曹植与洛水之神，人神相割，终不能接，这多么令人纠结与神伤……现场静水微澜，水下却暗流涌动，让人心与情感交替撞击，乃至撕裂。

还说忧患感。当下，部分诗习者热衷于写一些小情绪、小感觉，以熟谙那些娴静隐忍的诗写语境为时尚，我则力求弯道突围。古人云："文以载道。"诗歌作为文学手段、意识形态的上层建筑，必有所担当，承载相应的社会使命，有所忧患，有所救赎。这也是一个诗写者自我突破的必经之路。如《失落》："他的失落，是一座村庄／有时还是背部的鳞片／或几只洋葱//此时的他，走在／荒芜的洋葱地里／野草漫过他的腰部／夜色追上来／枯死的池塘，让他心生茫然／他一片，一片……剥洋葱／他擦拭泪水的样子／像在／安抚两只忧郁的洋葱。"两年中，像这样寄予乡愁，表达出在工业时代农村现状的一种揭示与忧患意识的诗作占了我整个创作的一部分。它们多半借白描环境、陈述现状为主要手段，以拟人、比喻等为主要修辞手法，感情在巨大的隐忍中行走，措词力求落到实处，调动每一个动词或名词的能量，在平淡的叙说中逼近诗歌本源。而《一条江豚》则是对自然生态的隐忧，《会议记录》是对人文环境的披露，抑或是一种善意的忠告与揭示。诗人不是无源之水、无根之木，通过分行文字，我致力于营建一个与周边世界的互动平台，在这个平台上，我可以突围自己，向广袤空间发出声波。

还说说人性。人性是单向的，人性又是复杂的。用分行文字多维度解剖人性，坦陈性灵，是一个诗人应该努力的方向。“原要看看两面是何形状，谁知他们个个头戴浩然巾，都把脑后遮住，只露一张正面，却把那面藏了……猛然揭起浩然巾，识破他的行藏，登时他就露出本相，把好好一张脸变成青面獠牙……”（李汝珍《镜花缘》第二十五回）写的两面国的人行为或性格的多面性，难以琢磨性。

两年中，我一边行走大地，一边捉笔如刀，不断地突破自己，试图用分行文字探知人性善恶。如《我朝空中抛出一只鞋子》：“我不介意她在风雨里，单腿独立／不介意她会，歪歪斜斜／走在马路的哪一边//她失偶，孤独，在雪地上／留下一行干瘪的单行线／她找不到一扇门／一跛一跛，踩在／自己虚弱的脚印上//如果，我朝空中／抛出另一只鞋，一个人／会不会，自己与自己并肩？//我望了望天空，我手里／还剩一只鞋。”类似于一种拟人的手法，从抛鞋至失鞋，再到寻鞋，人性在反复无常中摇摆，在抛弃的肯定与否定中纠结，在善恶与救赎的两个向度间奔命。最终，有一部分人仍然拿不准命运的方向，坚实前行……这常常就是我们纠结的啊，是我们中的多数人犹疑不定的现实境况啊！而《忠告》则披露了年轻轻狂的无知与两面性，表里不一而最终落败；等等，不一而卒。

“苔花如米小，也学牡丹开。”（袁枚《苔》）在诗学的百花园里，相较于硕大无朋，艳丽壮观的牡丹，我只是一粒细如尘埃的苔花，学习牡丹盛放，虽怀一腔侠气正义之心，但却以一副单薄的身板效仿勇士，等待冥冥之中诗意呈现时那惊魂的一刻！

作者2019年5月于咸宁